D1295770

Entre
elle et lui

 *Collection Intime*

À contre-courant, roman
Sylvie-Catherine De Vailly

De l'autre côté du miroir, roman
Sylvie-Catherine De Vailly

L'amour dans la balance, roman
Sylvie-Catherine De Vailly

Le concours Top-model, roman
Corinne De Vailly

Trop jeune pour toi, roman
Sylvie-Catherine De Vailly

Entre elle et lui

par Sylvie-Catherine De Vailly

TRÉCARRÉ

QUEBECOR MEDIA

Catalogage avant publication de Bibliothèque et Archives Canada

De Vailly L., Sylvie-Catherine, 1966-

    Entre elle et lui

    (Intime)
    Éd. originale: Montréal : Éditions Trustar, ©2000.
    Publ. antérieurement sous le titre: Un choix déchirant.
    Publ. à l'origine dans la coll .: Collection Cool !. Amour.
    Pour les jeunes.

    ISBN 2-89568-281-X

    I. Titre. II. Titre : Un choix déchirant. III. Collection.

PS8593.A526C46 2005   jC843'.54   C2005-940643-7
PS9593.A526C46 2005

Nous reconnaissons l'aide financière du gouvernement du Canada par l'entremise du Programme d'Aide au Développement de l'Industrie de l'Édition pour nos activités d'édition.

Couverture : Kuizin communication studio

Mise en pages : Luc Jacques

© 2005, Éditions du Trécarré

ISBN : 2-89568-281-X

Dépôt légal – 2005
Bibliothèque nationale du Québec

Imprimé au Canada

Éditions du Trécarré
7, chemin Bates, Outremont (Québec) H2V 4V7 Canada

Chapitre 1

— **S**ais-tu depuis combien de temps nous sommes amies ?

Clara grogna quelque chose en guise de réponse avant de relever sa jolie tête brune en direction de Justine.

— Combien de temps ?

— Presque sept ans. T'imagines, sept ans ! Nous sommes un vieux couple ! ajouta Justine en ricanant. Nous devrions fêter ça, qu'est-ce que t'en dis ?

Clara regardait son amie d'un air amusé, Justine avait toujours été si romantique. L'idée de fêter l'anniversaire de leur amitié lui semblait quelque peu saugrenue, mais cela ressemblait tout à fait aux genres d'idées que pouvait avoir Justine.

Clara regarda plus attentivement son amie, elle était devenue tellement jolie depuis leur première rencontre. Ses cheveux châtain-blond coupés au carré n'avaient certes pas changé depuis, mais le reste avait mûri et grandi. Heureusement, pensa-t-elle en souriant, imaginant la Justine d'aujourd'hui avec l'aspect de ses neuf ans. Justine était maintenant assez grande, bien que légèrement plus petite qu'elle. Elle était mince et très délicate dans ses gestes, ce qui lui conférait un charme unique. Beaucoup de garçons s'intéressaient à elle, mais peu, très peu réussissaient à se faire remarquer. Justine rêvait au prince charmant, et elle était persuadée que leur rencontre n'était qu'une question de temps. Cette attitude énervait profondément Clara, plus indépendante et plus réaliste sur ce point. Si, de son côté, Clara n'avait pas de petit ami régulier, ce n'était pas par manque de succès, bien au contraire, mais tout simplement parce qu'aucun ne l'intéressait assez. À ce sujet, Clara prétendait être difficile. Justine, de son côté, lui rétorquait souvent que c'était tout simplement parce que, en réalité, elle aussi attendait le prince charmant, mais qu'elle ne voulait pas se l'avouer et que, dans le fond, elle n'était en rien différente des autres.

Les deux amies étaient perdues dans leurs pensées. Justine repensait à leurs premières rencontres. Elles se connaissaient depuis l'enfance, car la mère de Clara était une cousine éloignée de son père à elle. Elles s'étaient plusieurs fois croisées pendant des rencontres familiales, mais leur amitié ne s'était vraiment développée que lorsque sa famille vint s'installer à quelques maisons seulement de chez Clara. À partir de ce jour-là, elles devinrent inséparables à un point tel que très vite on se mit à les appeler les jumelles.

Avec le temps, leurs liens devinrent si fort qu'étrangement elles se mirent à se ressembler. Même si Clara était brunette avec des yeux noisette et que Justine avait les cheveux châtain-blond et les yeux verts, on pouvait remarquer certaines ressemblances.

En les observant bien, certains traits de leur visage étaient similaires. Elles se connaissaient si bien qu'elles se confondaient l'une l'autre. Justine aimait à dire qu'elles étaient devenues des jumelles sans consanguinité.

Avec le temps, Clara et Justine avaient même établi des codes de communication non verbale. Elles se comprenaient par gestes et par simples attitudes. Elles se sentaient l'une l'autre et se connaissaient mieux que quiconque. Bien sûr, elles préservaient chacune un jardin secret, bien que se doutant mutuellement des menus détails intimes de la vie de l'autre. Mais, par respect pour l'autre, elles ne s'en parlaient jamais.

Justine fit un vague sourire, Clara la regarda, comprenant aussitôt ses pensées. Elle se leva et alla embrasser son amie, sa sœur, sur la joue.

— O.K., allons fêter ça. Prends ton manteau, je te paie le cinéma et toi, tu paies le *popcorn*.

Justine lui sourit en se précipitant vers sa garde-robe pour en sortir un blouson de cuir brun chocolat. Puis elle se tourna vers son amie d'un air embêté.

— Tu ne devais pas sortir avec Sébastien ce soir ?

Clara se tapa le front d'un grand geste de la main.

— Zut de zut ! Je l'avais complètement oublié ! Pas de problème, passe-moi le téléphone, je vais remettre le rendez-vous.

Pendant que Clara téléphonait à Sébastien, Justine en profita pour aller prévenir sa mère qu'elle sortait. Quand elle revint dans sa chambre, elle perçut un trouble chez son amie.

— Que se passe-t-il ?

Clara lui répondit par un sourire.

— Oh, rien de grave ! Sébastien n'a tout simplement pas compris pourquoi j'annulais notre rendez-vous et il me fait la tête, c'est tout !

Devant la gêne qu'éprouvait Justine, elle ajouta :

— Ne t'en fais pas pour ça. Si ce gars n'accepte pas que j'annule un rendez-vous, s'il me boude pour ça, imagine pour des choses plus graves ! Je ne peux tolérer ce genre d'attitude trop possessive, et ce garçon ne vaut pas la peine que l'on s'attarde sur son cas. Tant pis pour lui !

En disant ces mots, Clara enfilait son grand manteau de laine noir.

— Et maintenant, allons-nous-en ! Quel film veux-tu voir ? Je te laisse choisir.

Clara passa son bras sous celui de son amie, l'entraînant vers la sortie de la maison, signifiant ainsi que le sujet était clos.

À leur sortie du cinéma, Justine proposa à Clara d'aller manger une pizza. Une fois installées, et leurs commandes passées, Clara regarda Justine et lui demanda :

— O.K., vas-y, qu'est-ce que tu veux savoir ? Que veux-tu me demander ? Depuis notre sortie du cinéma, je sens que quelque chose te tracasse.

Justine la fixa quelques secondes avant de se lancer :

— Je repensais à l'attitude de Sébastien, tout à l'heure, et je me demandais si la force de notre amitié était ou deviendrait à la longue un obstacle important dans nos futures relations amoureuses !

Elle regarda Clara très sérieusement.

— Crois-tu que nous allons un jour rencontrer chacune un garçon qui acceptera notre amitié si peu banale ? Car, avouons-le, notre amitié n'est pas commune et nous laissons très peu de place à de quelconques amoureux.

Clara l'interrompit.

— C'est parce qu'ils ne savent pas prendre la place qu'il leur revient, dit-elle en riant, avant de poursuivre plus sérieusement, mais c'est surtout parce que nous ne sommes jamais tombées amoureuses, car le jour où ça se produira, nous leur réserverons une place de choix !

Justine jouait machinalement avec une paille que la serveuse venait de déposer avec une bouteille de Coke.

— Tu le penses vraiment ? Moi je n'en suis pas aussi sûre, en fait, nous resterons vieilles filles jusqu'à notre mort.

Les deux amies éclatèrent de rire, avant que Clara ne poursuive :

— J'espère que tu parles pour toi, car, pour ma part, je n'ai pas du tout l'intention de vieillir seule. Je sais qu'un jour je rencontrerai un superbe jeune homme, beau comme un cœur, et que nous nous aimerons à la folie, jusqu'à la fin des temps.

Justine la regardait en souriant.

— Il me semblait que tu ne croyais pas au prince charmant, que c'était complètement irréaliste, et que le romantisme n'était que du rêve pour les petites filles. Alors, serait-ce que tes espoirs profonds remontent à la surface ?

Clara regarda le plafond avant de répondre d'un air totalement détaché.

— Je suis désolée... un moment de faiblesse. Il m'arrive parfois d'être comme la grande majorité des filles, mais ça ne dure jamais longtemps. Habituellement, je prends une aspirine et ça passe rapidement. J'ai horreur de cette sensation, je me sens tellement faible et démunie. Comme si rencontrer un gars nous assurait le bonheur éternel. Comme si être en amour signifiait que plus rien d'autre sur terre ne semblait être intéressant. Comme si l'amour était une fin en soi...

Elle s'arrêta un instant, avant de poursuivre :

— Non, je n'aime pas ces perspectives romantiques du bonheur absolu... Je suis plus réaliste que cela !

Justine s'empressa de poursuivre sa pensée :

— Moi, je pense que l'amour est la seule quête que nous devons entreprendre dans notre vie. Trouver l'amour avec un grand A. Je trouve cela tellement passionnant et si romantique ! Et je crois qu'il faut savoir attendre, sans se presser, car le moment tant attendu finit toujours par arriver.

Clara observait son amie, elle avait toujours aimé chez elle ce ravissement face à la vie. Ce qui se dégageait le plus de cette fille, c'était sa fraîcheur, sa spontanéité au bonheur. On était bien à ses côtés, car le bonheur n'était jamais très loin et quelquefois il vous caressait la joue en passant tout près. Justine n'avait pas de petit ami, car elle était convaincue qu'un jour prochain elle croiserait l'amour, le vrai. Elle se préparait donc à cette rencontre, ne voyant aucune nécessité à des petits à-côtés, en attendant.

Les deux amies étaient perdues dans leurs pensées, chacune à sa façon rêvant à un être à aimer. Rêvant à l'amour, celui pour lequel on donnerait tout, celui pour lequel on se moque de tout. L'amour irréfléchi où l'on ne raisonne plus. Elles souhaitaient, comme tout le monde d'ailleurs, aimer et être aimées.

Justine sortit la première de ses songes ; elle fixait son amie avec une grande tendresse. Elle pensa aussitôt que même très amoureuse, son amitié et son amour pour Clara ne seraient jamais altérés, et qu'elle serait incapable de rester avec un garçon qui n'accepterait pas cet état des choses. Justine fit part de ses pensées à Clara :

— Tu as raison, c'est pareil pour moi. Si le garçon que j'aime n'accepte pas notre amitié, c'est qu'il ne me mérite pas. Tu passeras toujours avant.

Justine s'empara de la main de Clara avant de poursuivre sur un ton solennel :

— Jurons que jamais rien ni personne ne détruira les liens qui nous unissent.

Clara resserra son étreinte avant de conclure, en riant :

— Nous nous jurons amitié, à la vie à la mort.

Chapitre 2

Heureusement, en cette année scolaire, Clara et Justine étaient ensemble dans presque tous les cours, ce qui n'avait pas été le cas les années précédentes.

Alors qu'elles étaient assises à leur place en train de discuter avec d'autres étudiants avant que le cours débute, le regard de Clara fut attiré par un nouveau qui cherchait des yeux une place libre. Il ne fut pas long à croiser ceux de Clara, qui lui désigna une place juste à côté d'elle. Sans avoir le moins du monde l'air intimidé, il s'engagea entre les rangées de pupitres pour déposer ses effets personnels avant de se retourner vers Clara et de lui lancer :

— Salut, moi, c'est David !

Clara articula quelque chose qui ressemblait à un bonjour et parvint à se nommer à son tour. Elle resta figée quelques secondes avant de se rendre compte qu'elle était ridicule et que déjà David ne la regardait plus et semblait s'intéresser à une autre... Justine !

Clara voulut s'immiscer dans leur conversation, mais l'arrivée du professeur signifia le début du cours. Clara se tourna vers son pupitre, légèrement frustrée, ne sachant pas trop exactement pour quelle raison.

À la fin du cours, Justine se leva en même temps que David. Clara, qui se trouvait déjà à ses côtés, ne semblait plus reconnaître son amie. Jamais auparavant elle ne l'avait vue se comporter ainsi avec un garçon. Justine était toute mielleuse, riant de façon stupide aux moindres commentaires. Visiblement vexée, Clara la saisit par le bras pour la forcer à la regarder.

— Arrête de te comporter comme ça, lui lança-t-elle à voix basse.

Justine la regarda d'un air étonné et, quelque peu gêné, devant David.

— Mais de quoi parles-tu ?

— Tu ressembles à une poule sans tête, tu as l'air stupide...

David, qui jusqu'à présent n'avait pas ouvert la bouche, crut qu'il était temps d'intervenir :

— Eh, oh ! les filles, minute, on se calme ! Je viens à peine de vous rencontrer que déjà vous vous disputez. Vous avez l'air de bien vous connaître, je me trompe ?

Justine répondit en passant son bras sous celui de Clara.

— Depuis notre enfance. Nous sommes les meilleures amies du monde...

Clara poursuivit en resserrant son étreinte.

— Et nous n'avons pas l'habitude de nous chamailler.

Tout en souriant, Clara décida aussitôt de changer de sujet.

— Tu es nouveau, c'est ta première journée ?

— Oui, je viens d'arriver. Avant j'étais à Victoriaville, mais j'aime bien Montréal, c'est cool. Je ne sais pas ce que vous faites, mais c'est l'heure de dîner et moi, je meurs de faim. On va à la cafétéria ?

Clara et Justine échangèrent un regard. Jamais elles ne dînaient à la polyvalente, trop déprimant. Mais, pour l'occasion, elles étaient prêtes à faire une exception. Elles se comprirent sans explication et acceptèrent de dîner avec David.

Justine et Clara ne virent pas l'heure du dîner passer, complètement subjuguées par David, buvant chacune de ses paroles. Pour Justine, même un endroit aussi moche que la cafétéria prit soudain des allures des plus romantiques : elle ne voyait vraiment plus les lieux du même œil. Quant à Clara, elle avait l'impression de rêver, jamais auparavant elle n'avait rencontré un garçon comme lui, si beau et si intéressant.

Un signal sonore se fit entendre, avertissant ainsi les étudiants de la fin du dîner et du début des cours. David se leva et les remercia d'avoir passé un peu de temps avec lui. Avant de les quitter, il leur demanda si elles avaient quelque chose de prévu pour ce vendredi, car il aimerait les inviter toutes les deux à sortir.

« Toutes les deux ! » pensa Justine visiblement déçue. Clara, qui l'observait du coin de l'œil, saisit parfaitement la pensée de son amie et ne put que constater qu'elle avait eu la même. Cette réflexion la laissa songeuse. Dès que David se fut éloigné, Justine terriblement excitée ne put se retenir plus longtemps.

– Il est superbe... super beau... je craque. Wow ! Quel gars, je n'ai jamais vu ça !

Clara eut un sourire amusé en constatant l'attitude de midinette de Justine. Voulant paraître plus posée, plus sûre d'elle, elle avoua :

– Oui, tu as raison, c'est vrai qu'il est très beau, mais, personnellement, c'est son esprit qui m'a intéressée.

Un certain agacement apparut sur le visage de Justine : l'allure hautaine de Clara l'exaspérait.

— Arrête de faire ta snob, tu caches très mal ton enthousiasme.

Un silence s'installa. Sans se consulter, elles se levèrent en même temps pour se rendre à leur cours. Pour la première fois depuis tant d'années ensemble, Clara trouva cette grande connivence un peu trop pesante. Le reste de leur journée se passa en silence, entrecoupé parfois de simples formules de politesse.

Lorsque Clara s'allongea sur son lit en attendant que sa mère l'appelle pour le souper, elle repensa aux événements de la journée. Sa réflexion s'arrêta plus longuement sur certaines attitudes de Justine. Jamais auparavant elle ne l'avait vue se comporter ainsi avec un garçon. Elle qui affichait toujours une telle indépendance lui était apparue aujourd'hui comme une groupie devant son idole. Elle lui paraissait aussi plus lointaine, Clara ne lui connaissait pas non plus ce visage de convoitise. Elle avait très bien perçu, tant dans son regard que dans son esprit, que Justine la considérait maintenant comme une rivale. Elle aussi aurait préféré que Justine ne soit pas là, pour qu'elle puisse dîner seule avec David, elle aurait aussi aimé que l'invitation de vendredi soir ne s'adresse qu'à elle.

Soudain, elle comprit. Justine et elle étaient toutes les deux fortement attirées par le même garçon, rien d'étonnant puisqu'elles étaient si semblables. Mais comment faire alors ? Elles ne pouvaient tout de même pas le séparer en deux, et il était hors de question qu'il sorte avec les deux en même temps. Clara comprit alors ce qui allait se passer et anticipa avec lucidité la suite inévitable des événements.

Ce soir-là, Clara ne mangea presque rien et fut très longue à trouver le sommeil.

De son côté, Justine n'avait pas reconsidéré la journée de la même façon et avec le même genre de questionnement. Elle en avait fait le tour, mais d'une façon plus superficielle. Elle ne s'attarda que sur un seul fait : David les avait toutes les deux invitées, cela l'agaçait et il devrait faire un choix, et ce devait être elle.

Après tout, Clara avait déjà eu des copains, alors qu'elle attendait son prince charmant depuis si longtemps. Car Justine en était profondément convaincue, David était ce prince et quoi qu'en dise Clara, elle devrait l'accepter.

Clara et Justine passèrent le reste de la semaine de la façon la plus normale possible. Aucune des deux ne glissa un mot ou ne fit même une simple allusion à David. Ce dernier leur avait donné rendez-vous à dix-neuf heures chez lui, ses parents étant absents. Ils pourraient décider une fois sur place du déroulement de la soirée.

Justine arriva la première. Étant donné la situation, elle avait jugé que pour cette première sortie, elle devait être splendide, pensant que cette soirée et nulle autre déciderait de son avenir avec David.

Consciente du fait que si David avait aussi invité Clara, c'était probablement parce qu'elle lui plaisait également, elle ne devait donc négliger aucun détail pour le séduire. Elle avait donc mis tous les atouts de son côté. Aussi portait-elle une petite robe s'arrêtant au-dessus du genou, couleur bleu pétrole. Cette couleur avait pour fonction de donner de l'éclat à son teint de blonde, en plus de faire ressortir le vert de ses yeux savamment maquillés. Elle avait enlevé son éternelle barrette de ses cheveux pour leur donner d'un coup de brosse adroit un mouvement volontairement rebelle. Elle était très belle et le savait : elle avait déjà constaté que lorsqu'elle se donnait la peine de se pomponner, elle attirait tous les regards.

La surprise et l'admiration qu'elle perçut dans le regard de David, lorsqu'elle ôta son manteau, lui confirmèrent son pouvoir de séduction. Mais ils ne restèrent pas longtemps seuls. Clara fit son entrée, et c'est avec une exaspération nettement visible que Justine la salua. Clara se sentit très mal à l'aise de la froideur de son accueil. C'était la première fois, depuis qu'elles se connaissaient, que sa meilleure amie agissait ainsi. Elle en fut terriblement blessée, mais elle décida de ne rien laisser paraître. Après tout, ce n'était qu'un détail, peut-être avait-elle tout simplement mal interprété ses intentions. Et puis, elle n'allait pas gâcher sa soirée à cause d'un soupçon sans doute injustifié.

Elle aussi était magnifique dans sa jupe noire cintrée et son *bodysuit* de même couleur, légèrement décolleté. Ses cheveux courts un peu ondulés mettaient son visage subtilement maquillé très en valeur. Une aura de mystère planait autour d'elle.

Clara, tout comme Justine, remarqua le trouble de David.

— Vous êtes toutes les deux magnifiques, quelle chance que j'ai... ouf !

Clara s'approcha de lui.

— Toi aussi, tu es très beau. En disant ses mots, elle déposa un léger baiser sur ses lèvres.

Justine faillit se lever d'un bond pour repousser son amie, mais elle se ravisa. Elle ne devait pas laisser comprendre à

David qu'elle était jalouse de sa meilleure amie.

D'ailleurs, c'est bien connu, les garçons ont horreur de se sentir accaparé par les filles. Non, si elle voulait conquérir ce garçon, il fallait qu'elle procède autrement et surtout différemment. Elle devait lui faire comprendre qu'elle était unique et, surtout, elle devait devenir irremplaçable à ses yeux.

Clara observait son amie du coin de l'œil. Elle comprit en la regardant quelle stratégie Justine allait déployer pour s'approprier David.

Totalement inconscient du défi qu'il représentait aux yeux de ses compagnes, le jeune homme leur proposa d'aller quelque part pour manger, ou alors de rester là, très sagement et de se faire livrer des mets chinois.

Bientôt, les trois acolytes se retrouvèrent assis à la table de la salle à manger en train de discuter et de rire autour des plats venant du restaurant Chan. Ils passèrent la soirée à discuter, oubliant qu'ils avaient prévu de sortir après.

Leur petite fête prit fin avec l'arrivée de M. et Mme Durocher. David proposa aux filles de les ramener, mais elles refusèrent. Justine expliqua en souriant :

— Il faudrait alors que tu décides laquelle de nous deux tu raccompagnes la première chez elle. Car, honnêtement, nous souhaitons toutes les deux être celle qui te donnera un dernier baiser pour la nuit. Laquelle vas-tu choisir ?

David ne répondit pas, il se contenta de leur faire une révérence et les embrassa chacune sur la joue. Il ouvrit la porte d'entrée en leur confiant :

— Vous ne me facilitez pas la tâche. Si j'ai bien compris, il faudra que je choisisse entre vous deux. Et quel que soit mon choix... il marqua une pause pour mesurer ses mots..., l'une ou l'autre sera malheureuse.

Clara rajouta très sérieusement, en ajustant son foulard.

— Et plus malheureuse que tu ne le crois !

Les deux amies s'éloignèrent et firent le trajet du retour en silence, profondément ancrées dans leurs pensées. Lorsqu'elles arrivèrent devant chez Clara, Justine s'arrêta, mal à l'aise, ne sachant si elle devait lui dire bonne nuit et l'embrasser comme avant, ou tout simplement ne rien dire et continuer son chemin. Elle avait envie de pleurer, car elle comprit que, quoi qu'elle fasse, il se passait quelque chose qu'elle ne pouvait contrôler.

Elle s'approcha de Clara, prit sa main et la garda quelques secondes dans la sienne, puis elle déposa un baiser sur la joue de son amie, lui tourna le dos et partit. Clara la regarda s'éloigner en pleurant doucement.

C'était terminé, leur amitié ne serait plus jamais la même. Tout cela à cause d'un garçon, ou encore, à cause de la vie, car c'était bien la vie qui les poussait vers un monde d'adultes. La vie les forçait à quitter leur château fort de petites filles, elles devaient abandonner leurs jeux d'enfants pour affronter d'autres jeux, mais de façon individuelle. La vie les séparait.

Clara rentra chez elle, Justine lui manquait déjà terriblement. Un grand vide l'habitait. Elle ressentit le besoin d'en parler, de se confier, peut-être serait-ce moins lourd. Elle alla se déshabiller et enfila son vieux peignoir défraîchi et décida d'attendre sa mère, elle aussi sortie pour la soirée.

Quand Lise Valois arriva, elle trouva Clara endormie dans le divan en tenant dans ses bras sa girafe en peluche. Lise comprit que sa fille l'attendait, sûrement avait-elle envie de parler. Elle savait que quelque chose tracassait sa fille, car, lorsque Clara se promenait avec sa girafe, c'est que ça allait mal. Il en avait toujours été ainsi depuis qu'elle était toute petite. Lise la réveilla doucement en lui caressant les cheveux.

— Que se passe-t-il, ma puce ? Qu'est-ce qui ne va pas ?

Clara se blottit aussitôt contre sa mère et se mit à pleurer. Sa mère se fit rassurante, attendant patiemment que sa fille se calme et lui parle.

— Tu sais, je t'ai parlé de l'attitude de Justine face à David, le gars avec qui nous sommes sorties ce soir ?

Sa mère acquiesça de la tête.

— Eh bien, ce soir, elle était pire, elle était si différente que je ne la reconnaissais plus, ce n'était pas Justine, ma Justine ! On dirait qu'elle joue un rôle, je te jure que je ne l'ai jamais vue comme ça. J'ai l'impression d'avoir perdu mon amie et, avec elle, une partie de mon enfance... et ça me fait très mal.

Clara se remit à pleurer de plus belle. Lise continuait à lui caresser les cheveux, jouant machinalement avec une de ses mèches.

— Lui en as-tu parlé ?

Clara secoua négativement la tête.

— Je pense tout simplement que tu n'as jamais vu Justine ainsi, sous cet angle, car elle ne s'est jamais intéressée à un garçon auparavant. Tu ne pouvais donc pas la connaître telle que tu la vois aujourd'hui.

– Oui, c'est vrai, mais je n'aime pas ce que je vois. Quand David est là, elle a un tel regard de possessivité que j'en ai peur. Elle le veut pour elle toute seule et tuerait quiconque oserait s'approcher de trop près, moi y compris !

– Tu n'exagères pas un petit peu ? Laisse le temps passer, une amitié comme la vôtre ne se détruit pas comme ça, elle est bâtie sur des bases trop solides pour s'effondrer à la première occasion. C'est sûr qu'il y a des accrocs, mais je pense que c'est inévitable quand il s'agit de sentiment. Moi, je ne m'inquiéterais pas à ta place, laisse-la avec son David, et tu verras, dans quelque temps elle reviendra.

Clara se redressa et regarda sa mère.

– Mais, maman, c'est ça le problème, je ne veux pas lui laisser David. Moi aussi il m'intéresse, et même beaucoup. Tu comprends ?

– Oui, très bien. Je crois, ma fille, qu'effectivement tu as un gros problème. En fait, vous avez, Justine et toi, un gros problème sur les bras.

Lise tapota sa lèvre supérieure de son index, signe qu'elle réfléchissait.

— Et lui, David, il doit bien avoir une préférence ?

— Nous ne le savons pas. Jusqu'à présent, il nous a toujours vues ensemble et il ne démontre pas d'attirance particulière pour l'une ou pour l'autre. Je te dirais même qu'il fait très attention à nous prodiguer les mêmes attentions.

— J'espère que ce n'est pas le genre de personne à mettre la zizanie quelque part et à s'en laver les mains après.

— Non, je ne pense pas. En réalité, je crois qu'il est sensible à notre problème. Je pense qu'il essaie lui aussi d'y voir clair, mais qu'il est encore trop tôt pour qu'il puisse faire un choix. En fait, il ne nous connaît pas. Comment peut-il en choisir une ? À bien y penser, je n'aimerais pas être à sa place.

– Parce que tu crois que la tienne est enviable ? Tu me dis qu'il a un choix à faire et si ce n'est pas en ta faveur, vas-tu l'accepter facilement, seras-tu toujours aussi complaisante envers les autres ?

Clara répondit affirmativement d'un signe de tête.

– Eh bien, ma puce, ou tu es très sage pour ton âge, ou alors tu n'es qu'une trouillarde.

Clara dévisageait sa mère avec stupéfaction.

– Je ne te suis pas, explique-toi ?

– C'est pourtant clair, ou tu raisonnes de façon très intelligente ou alors tu n'es tout simplement pas prête à te battre pour conquérir ce garçon. En partant, tu te soumets à son choix avant même d'avoir entrepris la bataille. Tel que je connais Justine, je suis persuadée qu'elle a déjà un plan d'attaque, elle a toujours été ambitieuse et elle fait toujours tout en son pouvoir pour réussir, mais toi ? En t'écoutant, j'ai la nette impression que tu pars perdante.

Clara réfléchit pendant quelques instants avant de se lever et d'annoncer à sa mère :

— Tu as raison, je vais me battre pour l'avoir, je n'attendrais pas qu'il fasse son choix. C'est moi qui choisis et c'est tout décidé : il est à moi. Justine devra l'accepter.

Elle tourna rapidement les talons et, serrant sa girafe sur son cœur d'un air de défi, se dirigea vers sa chambre d'un pas assuré.

Chapitre 3

Justine était assise par terre devant un miroir sur pied, dans sa chambre ; elle jouait machinalement avec une barrette à cheveux. Comment allait-elle faire ? Devait-elle lui téléphoner ou était-il encore trop tôt ? Après tout, ils s'étaient vus la veille ! Et si, par malheur, Clara avait pris les devants et lui avait déjà téléphoné... elle aurait l'air d'une vraie dinde ! Comment savoir ? Elle n'allait tout de même pas appeler Clara pour le lui demander. Non ! Elle n'avait d'autre choix que d'attendre. Attendre qu'il lui donne des nouvelles. Sans qu'elle ne s'en rende vraiment compte, Justine avait commencé à se coiffer. Alors qu'elle tenait dans sa main une mèche de cheveux et qu'elle cherchait de l'autre un peigne dans un coffre où elle fourrait tous ses accessoires de coiffure, elle sortit un joli peigne en nacre que lui avait offert Clara. En l'apercevant, Justine laissa tomber sa mèche pour caresser l'accessoire du bout des doigts, puis elle ferma les yeux. Ses pensées ne pouvaient se détacher de son amie.

« Clara, que s'est-il passé ? Pourquoi est-ce qu'aujourd'hui je me sens à des kilomètres de toi ? Tout me semble si différent, j'ai l'impression que notre amitié est loin derrière nous, à des années-lumière, comme un vieux film que l'on regarde avec nostalgie. Nous, ce mot me semble maintenant si fragile alors qu'hier encore, il était invincible. Pourquoi tout a changé et si vite ? »

Un souffle de tristesse balaya ses yeux. Justine repensait à son amie avec tendresse. Elle eut soudain envie de la voir devant elle, rire aux éclats comme par le passé, un passé pourtant pas si lointain. Pendant un moment, Justine oublia David, elle ne désirait plus qu'une chose, parler à Clara, entendre sa voix. La sonnerie du téléphone retentit.

Justine sourit, heureuse de constater que leur grande connivence n'était pas morte. Comme auparavant, il avait suffi qu'elle pense à elle, pour que Clara reçoive le message et la rappelle aussitôt. Exaucée, elle se précipita sur le téléphone et lança aussitôt :

— Allô ! Clara, je suis tellement heureuse que tu m'appelles, je voulais...

— Justine, c'est moi, David... je suis désolé... Visiblement, tu n'attendais pas mon coup de fil, je te rappellerais plus tard, si tu veux ?

Justine restait bouche bée. Il lui fallut quelques secondes avant de se décider à parler :

— Euh ! Non, non, David, attends... excuse-moi, je suis très contente de t'entendre, c'est simplement que j'étais persuadée que c'était Clara qui m'appelait.

Remise de ses émotions, Justine se fit plus attentionnée :

— Comment vas-tu ? Je pensais à toi tout à l'heure et je voulais justement te téléphoner.

– Je vais très bien, merci. Écoute, je me demandais si t'avais envie de sortir cet après-midi. On pourrait peut-être aller faire une balade dans le Vieux-Montréal. J'adore me promener quand il fait un peu froid comme aujourd'hui, ça te tente ?

Justine avait du mal à contenir sa joie.

– Oui, O.K., c'est une très bonne idée. C'est génial, à tout à l'heure.

Elle raccrocha avant de sauter et de crier à tue-tête : « Il m'a téléphoné, je vais le voir cet après-midi. Il m'emmène dans l'Vieux, c'est si romantique. Il est si chou... Mon Dieu que vais-je mettre ? » Justine s'arrêta net. Sa mémoire la ramenait quelques minutes avant, au moment où elle était persuadée que Clara l'appelait. Elle ne comprenait pas comment en quelques secondes elle avait pu souhaiter que ce soit sa meilleure amie au téléphone et que l'instant d'après, elle l'ait complètement oubliée.

Justine se laissa tomber sur son lit, quand Michelle, sa mère, entra dans sa chambre.

— Eh bien, tu en fais une tête ! Il y a quelques minutes, on t'entendait hurler de joie dans toute la maison et là, je te trouve affalée, la mine toute déconfite. Que s'est-il passé dans l'intervalle ?

Justine se leva et se mit à marcher de long en large dans sa chambre.

— Maman, je ne me comprends pas ! Par moments, j'ai l'impression d'être sans cœur. Je ne suis pas normale !

— Ça, je te l'ai toujours dit ! ironisa Michelle, une lueur moqueuse au fond des yeux.

— Ah ah ah ! Très drôle...

— Viens avec moi dans la cuisine, j'ai envie d'un bon thé, tu me raconteras tout cela en détail. Peut-être pourrais-je t'aider à y voir un petit peu plus clair.

Justine raconta toute l'histoire depuis le début. Sa rencontre avec David, son invitation, ses sentiments envers lui et envers Clara, leur soirée passée ensemble, tous les trois. Elle parla longuement de ce qu'elle ressentait envers lui comme envers

Clara, concluant qu'avec le temps elle devenait de plus en plus confuse. Sa mère l'écoutait attentivement, sans jamais l'interrompre. Elle savait par expérience que bien souvent, lorsque l'on parle de ses problèmes à quelqu'un, on finit par trouver les solutions soi-même, et si ce n'était pas le cas, au moins ça permettait d'y voir plus clair, d'être plus objectif.

Lorsque Justine eut fini, elle releva ses yeux vers sa mère :

— Suis-je normale, docteur ?

Michelle lui répondit par un sourire, consciente de la gravité de son problème et de ses solutions peu évidentes.

— Tu n'es pas dans une position enviable, ma chérie ! Je pense que pour résoudre ton problème, cela va nécessiter du temps, de la sagesse et de l'amour. Ça fait trop longtemps maintenant que toi et Clara êtes amies pour ne plus l'être si brusquement. Votre amitié, j'en suis persuadée, survivra à cette épreuve, elle n'est en fait qu'en pleine transformation, car vous n'êtes plus des enfants, vos problèmes maintenant sont différents. En ce qui concerne David, c'est à trois que vous allez devoir résoudre le problème. Vous devrez vous expliquer, mettre cartes sur table et surtout accepter les conséquences qui vont découler de vos choix. Je ne veux pas paraître pessimiste, mais vous allez, Clara et toi, dans les jours qui suivent, passer un mauvais quart d'heure. Un conseil, prends les choses comme elles viennent, n'essaie pas d'intervenir dans ce qui va suivre.

Justine n'était pas très sûre de bien comprendre sa mère, mais elle passa outre. Elle devait se préparer, David allait bientôt arriver.

Ils passèrent un après-midi fabuleux, Justine se sentait si bien. Elle savait déjà qu'elle était amoureuse de David, mais elle préférait attendre avant de le lui avouer. Il devait, auparavant, lui montrer qu'il tenait à elle, car elle n'oubliait pas qu'il était aussi attiré par Clara. Justine aurait aimé savoir ce que son amie représentait pour lui, elle aurait voulu lui demander s'il lui avait aussi téléphoné, mais elle jugea qu'il valait mieux ne rien exprimer de ses doutes. Après tout, Clara n'était pas là, ils n'étaient que deux, alors oublions-la pour l'instant et profitons-en, pensa-t-elle. En fait, elle admit volontiers que cette attitude était la seule chose sensée possible. Clara n'était pas avec eux, pourquoi assombrir le tableau ? Justine comprit que si elle voulait séduire David, c'était le moment, personne ne les dérangerait, et pourquoi s'obstiner à vouloir glisser Clara entre eux.

Mais plus elle essayait de vivre l'instant présent et d'en profiter, plus elle avait l'impression de traîner un boulet derrière elle. Elle savait très bien que ce poids, c'était Clara et la culpabilité qu'elle ressentait envers sa meilleure amie. Une petite voix intérieure lui soufflait sans cesse qu'elle n'avait pas le droit d'être là au détriment de sa meilleure amie.

Inconscient de tout ce tumulte intérieur, David entraîna la jeune fille vers les quais, ils marchaient côte à côte, jusqu'à ce qu'il la prenne par la taille, la forçant à se rapprocher de lui et à s'arrêter. Justine ne dit rien, elle savait ce qu'il allait faire, cela faisait si longtemps qu'elle attendait ce moment, elle en était très troublée. Lorsqu'il posa ses lèvres délicatement sur les siennes, elle eut l'impression de chavirer, de perdre contact avec la réalité. Tous ses sens étaient en éveil, elle avait le sentiment que le début de l'univers était entre leurs lèvres, qu'ils formaient le noyau de la création et que le monde tournait autour d'eux. Elle ne sentait plus la terre sous ses pieds, comme si elle était en état d'apesanteur. Aussi lorsque David relâcha son étreinte, Justine se sentit déstabilisée et perdit l'équilibre. Ce qui l'agaça. Elle lui en voulait un peu d'avoir mis fin à ce moment unique. Mais lorsque David lui prit la main pour l'attirer vers lui afin de continuer leur promenade, tendrement enlacés comme tous les amoureux qu'ils croisaient, Justine eut vite fait d'oublier cet incident.

Justine se demandait si son compagnon avait ressenti cette sensation unique lorsqu'ils s'étaient embrassés. Elle n'osait pas lui poser la question, mais se promit de le faire le jour où il lui dirait qu'il l'aime.

Quelques heures plus tard, le taxi qui les ramenait s'arrêta devant chez Justine. Avant de rentrer, Justine vint se blottir contre David pour lui demander :

— On se voit demain ?

— Non, je suis désolé, demain je ne suis pas libre. Mais, si tu veux, j'essaierai de t'appeler dans la journée.

Justine fut surprise de son détachement et allait l'interroger sur ce qu'il avait de si important à faire, mais elle se ravisa. Après tout, elle le saurait bien assez tôt. Et puis, si elle lui posait cette question, il aurait peut-être peur qu'elle ne soit trop envahissante. Elle le fixa dans les yeux, avant de l'embrasser longuement.

— J'attends ton appel. Bonne nuit !

Elle regarda le taxi s'éloigner au bout de la rue.

David avait donné rendez-vous à Clara au parc La Fontaine, aux pieds de la statue de Félix Leclerc. Ça faisait déjà trente minutes qu'il l'attendait en se dandinant d'un pied sur l'autre et, commençait à se demander si elle ne lui avait pas posé un lapin, lorsque, enfin, elle arriva, essoufflée.

– Je suis désolée d'être en retard. Tu ne m'en veux pas trop, j'espère ?

David sourit en guise de réponse et remarqua qu'elle ne lui avait pas donné les raisons de son retard. Après tout, pensa-t-il, ça ne me regarde pas et ce n'est pas très important.

Ils s'assirent sur un banc près de la statue et se mirent à parler de tout et de rien. Mais surtout de rien, constata Clara. Pour changer l'atmosphère qu'elle trouvait ankylosante, elle lui proposa d'aller boire un chocolat chaud dans un bistro super sympa pas très loin de là. Pour qu'il accepte, elle ajouta qu'elle était en train de geler sur place, et que ce serait de sa faute si elle souffrait d'hypothermie. Une fois assis devant leur bol de chocolat fumant, Clara regarda David droit dans les yeux et lui demanda sans aucun préambule.

– C'était bien hier avec Justine ?

David faillit s'étouffer avec la gorgée qu'il était en train d'avaler.

– Comment le sais-tu ? C'est Justine...

– Non, non, rassure-toi, Justine ne m'a rien dit, elle ne m'a même pas téléphoné... Disons que j'ai eu une intuition, c'est tout !

David ne parlait pas, il détourna son attention pour regarder à l'extérieur, visiblement mal à l'aise d'avoir été percé à jour aussi facilement. Mais Clara passa outre son malaise et poursuivit :

– Je suppose que tu sors avec nous deux à tour de rôle pour savoir laquelle tu vas choisir. Ton attitude n'est pas très gentleman, mais nous ne t'en tiendrons pas rigueur. Tu sais que tu en as de la chance, car toi, au moins, tu peux choisir, alors que Justine et moi, nous ne pouvons pas. Toutes les deux avons le « kick » pour toi.

Clara s'arrêta de parler, elle sentait monter en elle un mélange de frustration et de tristesse, à cause de cette tragédie qu'elle vivait : car elle savait qu'elle allait devoir faire un choix, l'amour de David ou celui de Justine. Elle se demanda encore une fois si Justine se sentait aussi démunie qu'elle face à ce dilemme.

David tourna les yeux vers elle.

— Écoute, Clara, je ne veux pas que tu penses que je vous mène en bateau, toi et Justine. Loin de là. Mais pour être honnête, vous me plaisez toutes les deux et je ne sais pas quoi faire. Je sais que je dois faire un choix, je ne peux pas sortir avec vous deux en même temps, malheureusement. Voilà, c'est la raison pour laquelle je suis sorti hier avec Justine et que je suis ici, avec toi, aujourd'hui. Je cherche à y voir plus clair, tu comprends ?

— Oui, très bien, d'ailleurs je m'en doutais. Je t'avoue que je ferais la même chose dans une situation identique.

Ils buvaient leur chocolat chaud en silence. Au bout d'un certain temps, David relança la conversation.

— À quoi penses-tu ?

Clara le regarda, puis se pencha dans sa direction, comme pour lui confier un secret.

— Je pensais que j'avais très envie de t'embrasser.

David resta quelques secondes surpris par l'audace de la jeune fille. Puis, à son tour, il se pencha vers elle, et très lentement, leurs lèvres se rencontrèrent, pendant de longues secondes. Clara croyait rêver, c'était si merveilleux. Mais maintenant elle avait la confirmation de ce qu'elle appréhendait tant : elle était amoureuse de David. Et tout en étant satisfaite, elle avait envie de pleurer. Elle avait maintenant fait son choix, en provoquant ainsi David. Mais lui, qui allait-il choisir ?

Voyant une larme couler sur sa joue, David l'essuya doucement du bout des doigts en murmurant plein de tendresse :

– Ça va, tu me parais si lointaine d'un seul coup ?

Clara saisit sa main et la baisa.

– Je pensais à Justine, à notre amitié perdue...

– Perdue ! Non, je ne le pense pas. Vous resterez toujours amies, j'en suis persuadé. Je ne vous connais pas depuis longtemps, mais j'ai très vite remarqué ces liens que je qualifierais d'uniques qui vous unissent. Je n'ai jamais vu ça avant, une amitié comme la vôtre.

– Dis-moi David, puis-je te poser une question ? (Sans attendre de réponse, elle poursuivit sa phrase :) Justine te semble-t-elle aussi préoccupée que moi par ce sujet ?

– Oui, je le pense, même si elle n'est pas aussi exubérante que toi, j'ai nettement senti qu'elle se faisait du souci pour vous.

Clara resta silencieuse pendant quelques instants, puis ajouta avec dureté :

– Quand vas-tu faire ton choix, que l'on puisse reprendre nos vies comme avant ?

David ne fit pas attention à son ton acerbe.

— Es-tu en train de me dire que tout est de ma faute ?

— Exactement ! dit Clara en se redressant. Avant ton arrivée, Justine et moi, étions très heureuses. Mais depuis le premier moment où l'on t'a vu, notre amitié a été différente, elle commençait déjà à mourir. À partir de ce moment précis, quelque chose s'est cassé entre nous. C'était terminé, impossible de revenir en arrière. Au moins si tu fais ton choix, l'autre n'aura d'autre option que de l'accepter et puis, tranquillement, la vie reprendra son cours. Enfin, je l'espère !

— Oui, peut-être. Mais comment vais-je savoir si je prends la bonne décision ? (Nerveux, une mèche de cheveux lui tomba sur le front.) Vous attendez que je me décide, comme si c'était une chose facile à faire. En plus, je vous connais à peine, comment être sûr que je choisis la bonne ?

Clara le dévisagea d'un air menaçant.

— Ne te trompe pas... ce serait épouvantable pour tout le monde. Souviens-toi, lorsque tu nous as dit que ton choix allait, inévitablement, nous rendre d'une façon ou d'une autre malheureuses. Imagine maintenant que tu fasses une erreur, que tu ne choisisses pas la bonne fille et que tu t'aperçoives que tu aimes l'autre... Je pense qu'il faudra que tu assumes ce choix, car aucune de nous deux n'acceptera ce revirement, ce serait trop difficile et trop cruel...

Ils restèrent encore longtemps à bavarder dans ce petit café de la rue Rachel, continuant à parler d'eux et de Justine. Clara lui raconta leurs souvenirs d'enfance, auxquels David greffait les siens. Leur passé se ressemblait beaucoup, rien de vraiment étonnant, ils avaient le même âge. Quand elle ne parlait pas, Clara le regardait avec admiration. Il était si beau, il ressemblait, constata-t-elle, à Brad Pitt... Un peu. Il avait des yeux vert foncé absolument superbes, mais le plus craquant, pensa-t-elle, c'était sûrement ce petit grain de beauté sous son œil droit.

Grand avec un corps superbement découpé, il avait tout du jeune premier, c'est d'ailleurs ce qu'il souhaitait être, comédien.

Complètement sous le charme, Clara en avait pendant quelque temps oublié tout le reste. Mais la réalité revint très vite. Elle repensa avec tristesse à toute cette histoire et se dit que si David ne la choisissait pas, elle serait longue, très longue à s'en remettre, car plus les heures passaient, plus elle s'apercevait à quel point elle était amoureuse de lui.

Une vague de mélancolie la submergea, elle pensa se jeter à ses pieds pour l'implorer de la choisir, elle. Mais Clara n'était pas comme ça, elle savait qu'elle serait incapable de supplier quelqu'un, quel qu'en soit l'enjeu.

Elle se contenta de le regarder, savourant chaque moment de sa présence à ses côtés. Si l'élue était Justine, plus jamais par la suite elle ne retrouverait cette intimité avec lui. Instinctivement, elle s'empara de la main de David. Lui, il la porta à sa bouche pour la baiser doucement. Clara ferma les yeux, se laissant imprégner de ce contact furtif, désirant graver l'instant au plus profond d'elle-même.

Le soir commençait à tomber, accompagné de légers flocons. Enlacés, David et Clara remontaient les rues enneigées. La lumière qui baignait cette scène avait quelque chose de féerique et d'intemporel. Pourtant, pensait Clara, dès qu'ils atteindraient la rue Mont-Royal, toute cette magie disparaîtrait. Elle sourit de tout ce romantisme qui l'envahissait. Si Justine la voyait ! Ils arrivèrent enfin chez elle. Clara ouvrit la porte et invita David à entrer. Sa mère était absente, elle travaillait tard ce soir. À peine à l'intérieur, Clara se jeta sur le jeune homme. Tous deux se mirent à s'embrasser avec fougue. Une violente passion parcourait leur corps, quand soudain le téléphone sonna. Cette intrusion de la réalité eut l'effet d'une douche froide. Le couple se sépara aussitôt, chacun essayant bêtement de réajuster ses vêtements, pendant que le répondeur se mettait en marche. David parla le premier :

— Je pense que je devrais partir, on s'appelle, O.K. ?

Avant de refermer la porte derrière lui, il ajouta :

— Clara, j'ai passé une merveilleuse journée... À bientôt !

Clara restait interdite, ne sachant si elle devait l'envoyer se faire voir ailleurs ou si elle devait fondre en larmes. Les vêtements en désordre, elle se laissa choir dans le divan.

— Oh ! Eh bien ça alors, je n'en reviens pas. Il m'a plantée là !

Après quelques secondes de réflexion, elle ajouta :

— Mais qu'est-ce qu'il est adorable ? Ah j'en suis dingue !

Étendue sur le divan, Clara souriait aux anges.

Chapitre 4

⋄⟩⋄⟩⋄⟩⋄⟩⋄⟩⋄⟩⋄⟩⋄⟩⋄⟩⋄⟩⋄⟩⋄⟩⋄⟩⋄⟩⋄⟩

Clara n'avait pas revu David depuis cette fameuse soirée qu'ils avaient passée ensemble, tous les deux. Elle ne savait pas si son silence était une conséquence logique de sa réflexion au sujet de son amitié pour Justine, ou alors s'il avait un rapport avec ce qui s'était passé chez elle.

Avait-elle été trop entreprenante ? Clara s'interrogeait à ce sujet depuis plusieurs jours. Mais aujourd'hui, ils avaient un cours ensemble, elle allait sûrement en apprendre plus.

Elle n'avait pas non plus de nouvelles de Justine, et ce, depuis cette fameuse soirée qu'ils avaient passée chez David. Bien sûr, elles se croisaient dans leurs cours, mais elles ne se parlaient pas. Justine arrivait toujours au moment où le cours allait débuter et s'éclipsait aussitôt qu'il se terminait. Bref, elle l'évitait et Clara ne faisait rien non plus pour la voir. Elle attendait donc, assise à sa place, que David arrive.

Dès qu'elle percevait une ombre s'approcher de la rangée où elle était, Clara relevait la tête, pensant qu'il s'agissait de son ami. Elle sourit intérieurement en entendant le rire sonore de Justine, se rappelant avec un léger regret leurs fous rires passés. Mais lorsqu'elle leva les yeux dans sa direction, elle ne put contenir sa déception, Justine tenait David par la main. Ils venaient vers elle.

Justine arborait un sourire de victoire. Elle savait que Clara les regardait, elle en profita pour embrasser le jeune homme sur la joue, en souriant de plus belle. Mais lorsque David vit Clara à son tour, il changea aussitôt d'attitude et voulut lâcher la main de Justine, mais celle-ci le retint.

Justine se fit aussi plus provocatrice.

— Tiens, Clara, tu n'as pas l'air en forme... tu es toute pâle, ça ne va pas !

Clara la dévisagea sans rien lui dire, puis s'adressa à David :

— Il semble que tu as fait un bien mauvais choix...

David l'arrêta d'un signe de la main, il paraissait de fort mauvaise humeur de se retrouver dans cette situation.

— Arrêtez de vous battre. Si toutes les deux vous ne cessez pas ce jeu stupide de provocation, je ne sortirai avec aucune de vous deux. Vous vous conduisez comme deux idiotes, deux écervelées... (Il lâcha vivement la main de Justine.) Oh ! et puis j'en ai marre de toutes ces histoires ! Je n'ai pas envie aujourd'hui d'être un trophée que l'on se dispute. Battez-vous si ça vous dit, mais sans moi !

En disant ces mots, David tourna les talons et sortit sans tarder de la salle de cours, au moment même où le professeur arrivait. Justine et Clara se regardaient en chiens de faïence, mais n'eurent pas l'occasion de se reprocher quoi que ce soit, car le cours débutait. Elles devaient remettre à plus tard leurs accusations et leurs reproches.

Ce fut à la sortie du cours qu'elles s'apostrophèrent vivement. Clara attaqua la première, encore vexée de l'attitude de Justine.

— Tu essayais quoi, tantôt ? De m'impressionner ?

Clara, les bras croisés sur la poitrine, regardait Justine avec un certain mépris dans les yeux.

— Tu espérais peut-être me faire croire que tu sortais avec David, qu'il t'avait désignée comme étant celle qu'il aime ?

Justine la dévisageait. On pouvait clairement voir sur son visage la colère qui montait, mais elle essayait de se contrôler.

— Fais-moi rire ! Je l'ai vu sur ton visage et je l'ai très bien senti aussi ; pendant un instant, tu étais persuadée que nous étions ensemble, que nous formions un joli petit couple. Tu as eu peur, car tu sais pertinemment que David me préfère et que tu n'as aucune chance !

Clara sentait la pression monter en elle. Elle avait soudainement envie de devenir très méchante avec sa soi-disant meilleure amie. Elle cherchait ce qu'elle allait lui dire pour la blesser, pour la remettre à sa place, une bonne fois pour toutes.

— Ah oui, tu penses qu'il est amoureux de toi ? Explique-moi alors comment cela se fait que nous ayons failli faire l'amour ensemble dimanche soir, après avoir passé la journée la plus fantastique que nous n'ayons jamais passée ? S'il t'aimait comme tu le prétends, n'aurait-il pas passé cette journée avec toi ?

Clara avait fait mouche, Justine était abasourdie, elle en tremblait de colère. Elle répliqua en criant :

— Ce n'est pas vrai, tu mens. (Les étudiants qui traînaient encore dans les parages s'éclipsèrent devant cette montée de fureur.) Tu n'es qu'une menteuse et une jalouse... Oui, c'est ça, tu crèves de jalousie. Tu sais c'est quoi la jalousie ? Eh bien, c'est envier le plaisir des autres, et tu ne supportes pas l'idée que David puisse me préférer à toi !

Justine affichait maintenant un sourire, qui se voulait provocant. Elle était raide comme une planche, prête à continuer la bataille. Mais Clara qui la connaissait si bien comprit que Justine ne s'était pas du tout attendue à cette histoire du fameux dimanche soir, et que cela l'avait profondément blessée. Ainsi, elle découvrit qu'elle détenait le pouvoir de faire en sorte que cette histoire aboutisse enfin. Elle venait de comprendre que Justine n'avait pas aussi confiance en ses moyens qu'elle pouvait le prétendre, et que, visiblement, David n'était pas allé aussi loin avec elle. Dans leurs sorties, ils n'en étaient encore qu'aux préliminaires, aux formules de politesse. Alors qu'avec elle, une certaine complicité s'était installée et, par le fait même, un rapprochement.

De cette certitude découla une énorme confiance en soi, à un point tel que Justine la dévisagea avec étonnement. Paniquant un peu devant l'attitude trop sûre de Clara, Justine lui demanda d'un ton acerbe :

— Alors, que fait-on maintenant ? Nous continuons à nous disputer...

— Que veux-tu dire ?

— Ce que je veux dire, c'est que nous devons décider laquelle de nous deux doit se retirer du jeu, avant que tout aille mal. Car il est clair que ça ne peut pas continuer comme ça, nous sommes en train de nous faire trop de mal.

— Et comment proposes-tu de régler le retrait de ce joueur en trop ?

Justine réfléchissait, elle devait trouver la solution avant que Clara ne lui en propose une qui ne la satisferait pas du tout.

— Nous pourrions tirer au sort !

En le disant, Justine s'en voulut, sa suggestion était nulle, et elle le savait. Clara ne fit rien pour la ménager.

— Ridicule ! As-tu autre chose d'un peu plus... raffiné, que de tirer ce malheureux David sur un simple coup de dés ?

Visiblement non ! Alors écoute. Nous allons fixer une date. La première qui réussit à faire dire à David qu'il l'aime avant cette fameuse date sera l'heureuse gagnante. Et l'autre devra s'éclipser sans dire un mot. Et tu sais comme moi, que ni l'une ni l'autre ne pourra tricher, car nous le saurons automatiquement. Notre instinct ne nous a jamais trompées, en ce qui nous concerne toutes les deux, non ?

Clara attendait une réponse de Justine qui réfléchissait. Elle releva la tête et plongea ses yeux verts dans ceux de Clara, se contentant de dire :

— J'accepte. Avant le 30 novembre, David m'aura dit qu'il m'aime...

Clara la toisa en souriant et lui lança avant de la quitter :

— Je te souhaite bonne chance, et je le pense...

Mais Justine ne lui retourna pas la pareille, elle s'éclipsa aussitôt sans rajouter un mot.

De retour chez elle, Clara trouva un message de David sur le répondeur téléphonique, demandant de le rappeler dès que possible. Clara se précipita sur le téléphone, mais raccrocha aussitôt. « Non, un instant, il faut que je réfléchisse un petit peu. Premièrement, il faut absolument que je réussisse à le voir ce soir. D'ailleurs, il faut que je m'arrange pour le voir le plus souvent possible. Bon, j'ai pu constater qu'il n'aime pas être brusqué, mais je pense que mon côté spontané ne lui déplaît pas. Donc, je dois être surprenante et non dérangeante. »

Cette fois, elle prit le téléphone et s'empressa de composer le numéro de téléphone, elle avait tellement hâte d'entendre sa voix.

— Oui, madame Durocher, pourrais-je parler à David ?

Pendant qu'elle attendait au bout du fil, Clara ouvrit sa garde-robe à la recherche de ce qu'elle allait mettre.

— C'est moi, Clara. J'ai trouvé ton message sur le répondeur, tu désirais me parler ? lui demanda-t-elle innocemment, aussitôt que la voix du garçon eut prononcé l'habituel allô.

— Oui, je voulais m'excuser pour ce matin. Je trouve que l'attitude de Justine n'a pas été correcte, et je ne veux surtout pas que tu penses que nous sommes ensemble. Non, en réalité, je n'ai pas fait mon choix, même si ce matin, je penchais plus pour l'une que pour l'autre. J'ai toujours détesté ce genre de comportements.

Clara profita de la situation, tout en enfilant son jeans noir.

— J'accepterais tes excuses, si toi, tu acceptes de sortir avec moi ce soir ?

Sans hésitation aucune, David rétorqua :

— O.K., ça me va ! Je voulais justement t'inviter ce soir à venir écouter des amis qui jouent dans un *band*... ça te tente ?

— Parfait ! Tu viens me chercher ?

Tout en riant, David lui dit :

— Pas de problème, mais je t'attends dans un taxi, en face de chez toi. Car il est hors de question que je mette les pieds chez toi.

Je considère cet endroit comme une zone dangereuse !

Clara éclata de rire.

– D'accord, j'ai compris, à tout à l'heure !

Tout en raccrochant, Clara constatait, en souriant, qu'il y avait déjà une certaine connivence entre eux. En était-il de même avec Justine ?

Un peu plus tard dans la soirée, David et Clara arrivèrent devant un bâtiment qui, à première vue, paraissait désaffecté. David informa Clara que le groupe The Defective, louait un local dans cette ancienne usine de chocolat, comme beaucoup d'autres d'ailleurs. Lorsqu'ils entrèrent dans la salle, la chanteuse du groupe, Chloé, une superbe brune avec des jambes qui n'en finissaient plus, laissa son micro pour venir se jeter dans les bras de David, au grand étonnement de Clara, qui ne savait trop quoi en penser. David la repoussa gentiment et lui présenta Clara. Chloé la salua et retourna à ses occupations, sans vraiment s'intéresser à elle. En fait, elle ne semblait même pas la voir.

— C'est la chanteuse du groupe ? demanda Clara, mal à l'aise et ne se sentant pas vraiment à sa place dans ce lieu et avec ces gens qui ne lui disaient rien.

— Oui, et tu vas voir, elle est extraordinaire... elle a une voix d'une sensualité inimaginable.

Effectivement, dès que Chloé se mit à chanter, Clara fut sidérée. Jamais auparavant elle n'avait entendu une voix pareille, si chaude et si éraillée à la fois. Elle n'arrivait pas à la définir, tellement elle était unique en son genre. Clara constata que la voix allait très bien avec le genre de Chloé. Elle s'avoua, non sans difficulté, que la jeune artiste était très belle. Clara s'aperçut que Chloé ne cessait de regarder David, alors que ce dernier discutait avec un musicien. Elle en déduit donc qu'ils étaient sûrement sortis ensemble. Bien sûr, c'était évident !

Fidèle à elle-même avec sa spontanéité, elle alla trouver David pour le lui demander.

– Vous êtes sortis ensemble, n'est-ce pas ?

David la regardait du coin de l'œil.

– Toujours ton intuition ? Tu as raison, nous sortions ensemble l'année dernière.

– Et pour quelle raison ça n'a pas marché ?

David sourit avant de lui répondre :

– Ça ne te regarde pas, je suis désolé...

– Pas autant que moi ! répondit-elle avec amertume, puis elle rajouta, piquée au vif : Puis-je savoir pourquoi tu m'as emmenée ici ?

– Je te l'ai dit, pour écouter des amis. Mais si ça ne te plaît pas, nous pouvons partir, constata-t-il, mi-figue mi-raisin.

– J'aimerais mieux oui, car je ne vois pas ce que moi, je fais ici !

Ils hélèrent un taxi en maraude. Une fois installés sur la banquette arrière, David passa ses bras autour des épaules de Clara.

– Serais-tu en train de me faire la tête parce que je t'ai dit que mon histoire avec Chloé ne te regardait pas ?

Clara se détacha de lui pour mieux le fixer droit dans les yeux.

– Je fais la tête, comme tu dis, parce que je ne vois pas ce qu'il y avait de mal dans ma question. Et que je ne méritais pas que tu me remettes ainsi à ma place, surtout devant un paquet de gens que je ne connais pas !

– O.K., je suis désolé, n'en parlons plus. Je n'ai pas envie que nous nous disputions. Je te propose de faire la paix en allant boire quelque chose, ça te va ?

Clara était déçue, elle pensait qu'il allait lui dévoiler le mystère qu'il laissait volontairement planer autour de sa romance avec Chloé. Rien. Il tenait son bout et elle ne pouvait plus insister, elle aurait trop l'air d'une fouine qui ne s'occupe pas de ses oignons. De plus, elle ne tenait pas non plus à ce que cette petite dispute dégénère, elle devait gagner du terrain et non en perdre.

Si leur soirée se terminait maintenant à cause d'une chicane, c'était clair que, demain, David irait voir Justine, et ça, c'était hors de question. Elle prit sur elle de ravaler sa mauvaise humeur.

— Que dirais-tu de retourner à ce petit café de la rue Rachel, où nous sommes allés la première fois que nous sommes sortis ensemble. Ça te dit ?

— C'est parfait, en plein le genre d'endroit où j'avais envie d'être avec toi. J'ai envie d'intimité.

Clara sauta sur l'occasion et rajouta en blaguant plus ou moins.

— Nous pouvons aller chez moi... Ma mère est absente ce soir. Côté intimité, tu ne seras pas déçu !

David eut un sourire en coin.

— Non merci, je n'en demande pas tant, je veux juste être en tête-à-tête avec toi.

Ils restèrent quelques heures dans leur petit café de la rue Rachel. Premier témoin de ce que l'on pourrait largement appeler une histoire d'amour. Car personne ne connaissait encore la suite de ces premiers balbutiements.

En les voyant ainsi, en pleine complicité, quelqu'un d'étranger à cette histoire aurait été forcément convaincu que ces deux jeunes gens étaient complètement fous amoureux l'un de l'autre. Cela ne faisait aucun doute ! Même Clara commençait elle-même à en être convaincue, elle en avait oublié Justine. Elle était amoureuse et avait envie que tout le monde le sache, à commencer par lui.

— David... je...

David venait de poser son doigt sur sa bouche pour l'empêcher de parler.

— Ne dis rien, Clara. Il faut encore attendre avant de dire des paroles que l'on pourrait regretter. Je ne sais pas, quant à moi, si je suis prêt à les prononcer. Attendons.

D'un geste chargé de tendresse, il souligna l'ovale du menton de sa compagne, remontant vers l'oreille avec une douceur infinie. Elle enfouit sa tête au creux de son épaule.

Chapitre 5

Justine tournait en rond, comme un lion en cage. De sa chambre au salon, elle arpentait la maison comme si elle cherchait la solution dans chaque fibre du tapis. Elle en voulait tellement à Clara qu'elle devait trouver une façon de la discréditer aux yeux de David, sinon tout était perdu. Son amie avait pris beaucoup trop d'avance, cela faisait déjà trois soirs de suite qu'ils sortaient ensemble, et de son côté à elle, rien, désespérément rien.

De plus, David ne la rappelait même pas. Folle de rage, Justine donna un grand coup de pied dans son panier en rotin contenant du linge sale. N'ayant aucune intention de le ramasser, elle quitta aussitôt la salle de bains en direction de la cuisine. Toujours très en colère, elle ouvrait et fermait les portes des armoires et celle du réfrigérateur brutalement, avant de se décider enfin pour une tasse de lait chaud, qu'elle adorait.

« Quoi faire ?... Qu'est-ce que je pourrais bien faire pour qu'il l'oublie et qu'il s'intéresse un peu plus à moi ! »

Elle tira une chaise pour s'asseoir. « Si au moins il donnait de ses nouvelles. »

Chaque gorgée de lait qu'elle avalait contribuait peu à peu à la détendre. Bientôt, Justine se rendit compte qu'elle avait perdu toute agressivité envers Clara. « En fait, songea-t-elle, je ne peux pas lui en vouloir, nous nous sommes lancé un défi et elle est en train de le relever, alors que moi... eh bien ! je suis assise dans le fond de ma cuisine à me morfondre. Ce n'est sûrement pas comme ça que je vais conquérir David. Non, je ne peux pas t'en vouloir Clara d'être tombée amoureuse de lui, si tu savais comme je te comprends. Allez, il faut que je que réagisse ! Je dois absolument le voir... »

Justine se leva comme mue par un ressort pour aller déposer sa tasse vide dans l'évier. Elle leva son index droit. « J'ai trouvé, demain matin je vais me rendre chez lui de bonne heure, avec des petits croissants chauds pour le petit-déjeuner. Une fois là-bas, il ne me restera plus qu'à le convaincre de passer la journée avec moi, un point, c'est tout ! »

Fière de son idée, elle se sourit dans le miroir du corridor, avant de filer vers sa chambre pour finir ses travaux scolaires.

Il était très tôt, ce matin-là, lorsque Justine arriva devant chez David. Elle consulta sa montre. « Ouais, il est peut-être un petit peu trop de bonne heure pour un dimanche, neuf heures et quart. Les gens aiment bien faire la grasse matinée, le dimanche matin. Mais je ne vais pas rester là comme une idiote sur le trottoir à attendre qu'ils se réveillent. Il faut bien que je fasse quelque chose. »

Se hissant sur la pointe des pieds, au beau milieu du trottoir, Justine essayait de voir ce qui se passait dans la maison des Durocher. « Il n'y a rien qui bouge, tout le monde doit être encore en train de dormir, mais qu'est-ce que je fais ici, qu'est-ce qui m'a pris ? »

Comme pour répondre à ses prières, Justine vit la porte de la maison s'ouvrir pour laisser M. Durocher apparaître en robe de chambre, encore tout endormi, pour piquer d'une main mal assurée son journal dans la boîte conçue à cet effet. Sans attendre une minute de plus, Justine ouvrit la petite clôture de fer forgé et se dirigea vers lui d'un pas plus ou moins décidé.

— Bonjour, M. Durocher, comment allez-vous ce matin ? Est-ce que David dort encore ? Je lui ai apporté des croissants !

Justine parlait très rapidement, laissant clairement voir son malaise de se trouver à cette heure-ci, devant chez les Durocher, avec en main quelques malheureux croissants qui devaient maintenant être gelés. Soudain,

Justine se sentit terriblement ridicule, elle ne pensait plus qu'à une chose, s'excuser auprès de ce pauvre M. Durocher et quitter la ville sur-le-champ, pour ne plus jamais y revenir.

— Vous êtes bien matinale, jeune fille !

Justine ne savait pas si elle devait sourire ou non, était-ce une simple blague ou un reproche, elle ne savait trop.

— Mais entrez donc, poursuivit-il, vous devez avoir froid. Venez prendre un café, David vient justement d'en préparer. Lui aussi est un lève-tôt !

Justine le suivit timidement jusqu'à la cuisine lorsqu'elle aperçut David, lui aussi en robe de chambre, de dos qui glissait du pain dans le grille-pain. Elle ressentit un léger vertige, elle le trouvait terriblement attirant aussi peu vêtu et avec ses cheveux en désordre. M. Durocher annonça d'un air coquin :

— Regarde, David, j'ai trouvé ceci devant notre porte. Je crois que c'est pour toi.

David se retourna vers son père. Sous l'effet de la surprise, il en laissa tomber sa tranche de pain dans l'évier.

— Justine ! Mais que fais-tu ici ?

« Je me le demande ! » se dit-elle, tout bas, avant de répondre d'une voix aussi peu assurée que possible.

— Je suis désolée de te déranger !

Justine avait envie de disparaître, se sentant de plus en plus mal à l'aise et stupide.

— Je vais partir, excuse-moi encore, je ne voulais pas...

Comprenant son malaise, David l'attrapa par la main. Il entreprit de détacher son manteau pour le lui enlever, et lui retira aussi son béret. Puis, il la pria de s'asseoir en déposant un baiser sur sa joue.

— Je suis très content de te voir, c'est une excellente idée d'être venue déjeuner avec nous.

Sans dire un mot, elle lui tendit son sac de croissants, espérant que ce simple don la dégagerait de son embarras. Mais bien vite, David, tout comme ses parents, lui fit oublier ce mal-être qui l'avait envahie quelques instants plus tôt.

Après le petit-déjeuner, David l'entraîna dans sa chambre.

— Alors, je suppose que si tu es venue ici ce matin, c'est sûrement parce que tu voulais que l'on passe la journée ensemble ?

— En fait, je t'ai téléphoné plusieurs fois et tu ne me rappelais pas.

Avant de s'asseoir sur le rebord du lit toujours défait, Justine caressa du revers de la main la couverture de laine bleu marin, ce qui la troubla énormément. Essayant de ne rien laisser paraître, elle poursuivit :

— Je me demandais donc ce qui se passait avec toi ?

— Et avec Clara ?

Hésitante, elle sentit ses joues se couvrir de rouge, comme lorsqu'elle était enfant et qu'elle se faisait prendre après un mauvais coup. La lucidité avec laquelle David voyait en elle l'agaçait un peu.

— Je ne peux jamais rien te cacher !

— Non, détrompe-toi, je ne suis pas si clairvoyant que cela, c'est simplement que pour cette fois, c'est l'évidence même. Venant s'asseoir à ses côtés, il poursuivit :

— Je vais être franc avec toi. Je suis sorti plusieurs fois avec Clara cette semaine, c'est vrai, mais cela ne veut pas dire que je n'ai pas pensé à toi, bien au contraire. Et d'ailleurs, je suis très content que tu aies pris l'initiative de venir me trouver.

Tout doucement, il s'approcha d'elle pour l'embrasser.

— Tu as eu une très bonne idée de venir, lui murmura-t-il, avant de continuer à l'embrasser tendrement.

Justine passait sa main dans les cheveux du garçon, essayant de profiter au maximum de ces instants si intenses. Elle l'embrassait avec gourmandise en se disant que cet intervalle si intime n'était qu'à eux deux. Quel délice d'être dans ce genre d'état second ! C'était si égoïste de profiter de l'autre comme ça, sans jamais vouloir partager avec qui que ce soit. « Là-dessus tout le monde devait sûrement être d'accord », pensa-t-elle. Justine sentait que David n'essaierait pas d'aller plus loin, mais elle décida quand même de le renverser sur son lit. David arrêta sa main et la repoussa doucement.

– Non, je suis désolé, mais nous n'irons pas jusque-là, maintenant. Premièrement, parce que mes parents sont dans la pièce d'à côté, et je ne pense pas qu'ils apprécieraient. Ce serait une insulte envers eux et je les respecte trop pour leur faire ça. Deuxièmement, parce que je ne suis pas encore certain de savoir laquelle de vous deux j'aime le plus. De ce fait, je ne veux pas profiter de la situation, ce serait trop facile !

Justine soupira, mais, dans un sens, elle était heureuse de constater que son David était un garçon si délicat et si sérieux.

Ils restèrent enlacés pendant de longs moments, sans rien se dire. Repensant aux mots qu'il venait de lui dire, Justine ne pouvait réprimer ce sourire qui s'affichait à ses lèvres ravies. Heureuse de constater qu'elle était encore plus amoureuse de lui qu'elle ne le pensait. La sonnerie du téléphone les rappela cependant à la réalité. Justine comprit sans trop d'effort qu'il s'agissait de Clara, et elle fut contente que les rôles soient enfin inversés. David revint vers elle pour lui demander ce qu'elle avait envie de faire, sans lui passer aucun commentaire sur l'appel qu'il venait de recevoir. Elle ne lui posa pas de question, elle n'en avait nulle envie. « En fait, se dit-elle, je serais sûrement mieux dans ma peau si j'arrêtais de penser à elle et à ce qu'elle pourrait bien penser à son tour. Si je perdais moins de temps avec toute cette histoire, je serais sûrement plus disponible pour lui. » Justine se promit que, dorénavant, elle ne penserait plus qu'à elle et, bien sûr, à David.

Assise devant la télévision, les yeux rivés sur Musique Plus, Clara semblait perdue dans ses pensées. Cela faisait déjà trois fois que Lise, sa mère, l'appelait, mais toujours sans réponse. Elle s'approcha de sa fille et lui posa la main sur l'épaule, Clara sursauta.

– Je suis désolée, je ne voulais pas te faire peur, mais tu ne m'entends pas depuis tout à l'heure. Qu'as-tu donc ? Tu me sembles tellement lointaine depuis ce matin.

Clara, ahurie, fixait sa mère comme si elle se réveillait après un très long sommeil. Elle ferma la télévision et lui dit sur un ton tout à fait neutre, sans aucune émotivité.

– J'ai décidé de ne plus jamais revoir Justine ! Notre célèbre amitié est morte, et c'est moi qui vais l'enterrer.

Surprise, Lise s'empara de la main de sa fille.

– Voyons, chérie, tu ne peux pas repousser comme ça, du revers de la main, votre histoire, votre amitié. Ça fait des années que vous êtes amies. C'est comme aimer quelqu'un, on ne décide pas comme ça que l'on ne l'aime plus, ce serait trop facile. Les sentiments, ça ne se commande pas, cela va au-delà de notre raison, de nos désirs. Toi et Justine étiez si proches que je ne peux pas croire que pour ce garçon vous vous tourniez le dos...

Tout en se levant, Clara répliqua à sa mère d'un ton catégorique :

— Maman, Justine s'est montrée à moi sous un angle que je ne lui connaissais pas, j'ai vu son vrai visage, et je ne l'aime pas. C'est décidé, et personne ne me fera revenir sur ma décision. Cette fille ne fait plus partie de ma vie, car elle ne me ressemble plus en rien. Nous n'avons plus rien à partager et même à nous dire.

Se retenant pour ne pas pleurer, Clara se dirigea vers le couloir qui menait à sa chambre avant de conclure :

— Je me suis grandement trompée durant toutes ces années et c'est ce qui fait le plus mal dans toute cette histoire. Car, en ce qui concerne David, nous aurions peut-être pu trouver une solution. »

Clara tourna le dos à sa mère et partit se réfugier dans sa chambre, dont elle ferma la porte derrière elle, pour empêcher Lise de la suivre.

Elle se laissa tomber sur sa chaise devant sa coiffeuse, la poitrine gonflée de gros sanglots. Oui, elle s'était trompée sur Justine et c'était ce qui la détruisait le plus. Elles s'étaient, il n'y a pas si longtemps de cela, juré de rester amies à la vie à la mort. Que jamais un garçon ne viendrait interférer dans leur amitié, que l'autre passerait toujours en priorité. Elle devait bien rigoler, Justine, à l'époque, devant tant de naïveté, alors qu'elle, Clara, y avait cru si fort.

Plus jamais, elle se le promit, on ne la reprendrait. Personne ne pourrait dorénavant obtenir sa confiance à un tel point. D'ailleurs, elle était bien consciente qu'elle était un peu sur ses gardes avec David. Elle l'aimait, oui, mais elle essayait de conserver toute sa lucidité. Après tout, devait-on croire un garçon naviguant d'une fille à l'autre ? Il prétendait ne pas savoir laquelle choisir entre elle et Justine, mais où situait-il Chloé dans tout cela ? Plus elle y pensait, plus elle doutait de l'honnêteté de David. Elle décida que face à lui, elle devait rester très critique et que la prochaine fois qu'elle le verrait, il devrait répondre à toutes ses questions. Il ne devait plus faire de mystères autour de sa vie, après tout, elle ne lui cachait rien, elle.

Clara essuya ses larmes en se demandant si elle allait seulement le revoir, il lui avait semblé tellement lointain ce matin au téléphone. Elle avait très bien perçu au son de sa voix qu'elle ne tombait pas très bien, et elle en avait très vite déduit que Justine devait être à ses côtés. Pourtant, lorsqu'elle le lui demanda, il lui affirma que non, il était seul et ne désirait voir personne. Il voulait soi-disant prendre sa journée pour étudier. « Et puis quoi encore ? » avait-elle failli lui lancer. Mais elle n'avait pas insisté. À quoi bon, s'il ne désirait pas la voir, même si la veille il lui avait proposé d'aller voir cette nouvelle exposition sur les Amérindiens du Québec, au Musée McCord ! Son orgueil en avait déjà pris un coup par ce revirement, et elle ne souhaitait pas poursuivre cette conversation, elle lui en voulait beaucoup.

Clara avait toujours été incapable de cacher ses sentiments, et elle savait qu'il valait mieux, pour elle comme pour lui, qu'elle ne fasse pas de cas de ces demi-vérités, sachant que, par la suite, elle le regretterait sûrement.

« Et dire que l'autre soir je pensais qu'il allait me dire qu'il m'aimait, que j'étais à deux doigts de lui avouer mon amour. Heureusement qu'il m'en a empêchée, j'aurais l'air de quoi aujourd'hui ? Là-dessus, je dois le remercier, il m'a évité la honte. Je n'arrive pas à le comprendre. Qui est donc ce garçon ? Peut-être maman avait-elle raison en supposant dès le début que c'était le genre de personne à mettre la zizanie quelque part, pour ensuite s'éclipser. »

Clara en voulait tellement à David de jouer ainsi avec ses sentiments, en plus d'avoir, sans préavis, annulé leur journée, qu'elle ne raisonnait plus que par ressentiments. Dans son inimitié, elle incluait de toute évidence Justine, qui, à ses yeux, était à l'origine de tous ses maux.

Clara s'allongea sur son lit, épuisée. Épuisée, d'avoir tourné et retourné toute cette histoire dans sa tête. Épuisée d'avoir aussi tant pleuré. Elle s'endormit rapidement, espérant qu'à son réveil, elle aurait oublié David et Justine, et qu'une nouvelle vie s'offrirait à elle.

Chapitre 6

Lise Valois déposa sur la commode de Clara un bout de papier, où l'on pouvait lire : « 14 h 30, David a encore téléphoné ! Je ne sais plus quoi lui dire. Il rappellera vers 17 h. Cette fois, tu devrais lui parler. »

Lorsque Clara rentra de chez le coiffeur et qu'elle trouva le mot, elle le froissa et l'envoya rejoindre les autres dans sa corbeille à papiers, bien décidée à l'oublier.

« Non mais, pour qui est-ce qu'il me prend ? Viens ici, va-t-en, reviens… et puis quoi encore ! Je ne suis pas un chien, qu'il reste avec Justine. Elle répondra sûrement mieux que moi à ses états d'âme. J'ai déjà perdu assez de temps comme ça avec cette histoire. »

Clara s'inspecta dans le miroir. Elle avait fait couper ses cheveux un peu plus court, fait faire des mèches légèrement plus claires que le brun de ses cheveux. Cet éclaircissement faisait encore mieux ressortir ses yeux noisette. Elle se trouvait jolie... si seulement David le pensait aussi.

Mourant de faim, elle se dirigea vers la cuisine pour se faire un immense sandwich, jambon-camembert, comme elle en raffolait. Alors qu'elle s'apprêtait à mordre dedans à pleines dents, la sonnerie de la porte d'entrée la fit sursauter.

— Oh, zut, c'est qui ça, encore ? On ne peut jamais avoir la paix cinq minutes !

Tout en râlant, elle alla répondre. Elle jeta un coup d'œil au judas et faillit tomber à la renverse, David était là, de l'autre côté de la porte, les deux mains dans les poches, attendant qu'on lui ouvre. Clara s'adossa à la porte, ne sachant que faire. « Je n'ouvre pas, peut-être ne sait-il pas que je suis là. Je vais attendre, il va partir en voyant que personne ne lui ouvre. »

Au même moment, la voix de David lui parvint :

— Ouvre, je sais que tu es là, je t'ai vue rentrer. Ne fais pas la tête et ouvre-moi, nous devons discuter. D'ailleurs, je ne sais même pas pourquoi tu ne veux plus me voir et pour quelle raison tu boudes !

Clara, insultée, ouvrit la porte à la volée, le foudroyant des yeux. David, quant à lui, fier d'avoir su la provoquer pour lui faire ouvrir la porte, se contenta de dire :

— Bingo !

— Que veux-tu, David Durocher ? Je n'ai absolument rien à te dire. Si tu penses que tu n'as qu'à venir ici faire le beau, pour que je te laisse entrer, tu te trompes. Je n'ai plus envie de te voir, je veux que tu sortes de ma vie et par la même occasion, emmène Justine avec toi. Disparaissez de ma vue, je ne veux plus rien savoir de vous deux.

Clara s'arrêta pour reprendre son souffle, David en profita.

— Je ne sais pas quelle mouche t'a piquée, mais j'aimerais que tu m'expliques ce que j'ai bien pu te faire pour te mettre dans un tel état. J'espère que tu ne m'en veux pas à cause de cette sortie que nous devions faire dimanche dernier ? Si c'est pour cette raison, laisse-moi te dire que ton comportement est stupide. Allez, dis-moi, je veux savoir pourquoi est-ce que je tombe toujours sur ta mère quand je téléphone, et que, comme par hasard, tu es toujours sortie ? Je veux savoir aussi, pourquoi tu ne m'as pas rappelé ? J'ai laissé sept messages à ta mère, ne me dis pas qu'elle ne te les a pas transmis ?

Campée dans l'entrebâillement de la porte, Clara le regardait fascinée par toutes ces absurdités qu'il venait de débiter.

— Tu as un sacré culot de venir chez moi me demander des comptes. Écoute-moi bien maintenant : je répondrai à toutes tes questions lorsque, à ton tour, tu me diras pourquoi tu ne sors plus avec Chloé... Qu'est-ce qui n'a pas marché entre vous deux ? Pourquoi me l'as-tu présentée et qu'attendais-tu de cette rencontre ? Pourquoi m'as-tu menti lorsque je t'ai demandé si Justine était chez toi, alors que je savais très bien qu'elle était là ? Que veux-tu, mon vieux, nous avons toujours senti la présence de l'autre à des kilomètres, c'est comme ça, c'est plus fort que nous.

David arborait un air piteux.

– Je suis désolé, je pense effectivement que je te dois certaines explications, mais tu vas très vite t'apercevoir qu'il n'y a aucun mystère dans tout ceci. Puis-je entrer ? demanda-t-il en faisant un pas dans sa direction.

Clara hésita. Elle se demanda si elle n'allait pas faire une gaffe en le laissant entrer. Si elle acceptait, cela démontrerait à David qu'il avait gagné la partie, et qu'au fond elle ne lui en voulait pas autant qu'elle le prétendait. Secouant la tête, elle lui dit :

– Non ! Tu restes dehors. Raconte-moi ton histoire et après je jugerais si tu peux de nouveau mettre les pieds chez moi. J'attends...

Très étonné, David resta quelques secondes bouche bée. Cette fille n'était vraiment pas banale, elle réussissait chaque fois à le surprendre. Il peut dire qu'avec elle il ne s'ennuyait pas, car il ne savait jamais à quoi s'attendre.

— Bon, O.K. Chloé et moi sommes sortis ensemble pendant près d'un an. À cette époque, je ne savais pas encore que mon meilleur ami la draguait. Et lorsque je l'ai appris, il était trop tard, quelque chose s'était brisé entre nous, car elle m'avoua qu'elle avait failli accepter de sortir avec lui. Même si elle n'était pas partie avec Louis, le simple fait qu'elle y ait pensé m'a fait très mal. Voilà, tu sais maintenant ce qui s'est passé. Je ne voulais pas en parler, par pudeur, non pas parce que je voulais faire des cachotteries.

David semblait honnêtement confus. Clara s'en voulait un peu de s'être montrée aussi obstinée avec cette histoire. « Horrible défaut que de vouloir toujours tout savoir », pensa-t-elle. David poursuivit ses explications :

— Aujourd'hui, Chloé et moi sommes de très bons amis et elle sort depuis ce temps avec Louis, que je ne vois plus. Si je t'ai emmenée là-bas, c'était pour voir ta réaction devant une autre fille, très jolie, avec qui je suis sortie. J'avais prévenu Chloé de ce que je voulais faire. Je voulais simplement voir si tu étais une fille jalouse. Je voulais voir ce que tu avais dans les tripes, je voulais ainsi savoir à qui j'avais affaire. Ta franchise, à ce moment-là, tout comme aujourd'hui d'ailleurs, m'a plu. Tu es une fille honnête avec les autres comme avec toi-même et ça, ça me plaît beaucoup chez toi. Et enfin le dernier point, c'est vrai que Justine était chez moi lorsque tu m'as appelé. Si je t'ai menti, c'était pour ne pas la mettre mal à l'aise, elle. Justine est arrivée chez moi vers les neuf heures du matin avec des croissants, espérant me voir, car ça faisait plusieurs fois qu'elle me téléphonait et que je ne la rappelait pas, parce que je passais mes journées avec toi. Je me suis donc senti un peu mal à l'aise en la voyant et j'ai pensé que je devais passer la journée avec elle. Pas par obligation, mais parce que j'en avais envie, c'est tout. Voilà, tu sais tout cette fois.

Clara eut une petite moue, mais ouvrant grand la porte, elle l'invita à entrer chez elle. « Ça y est, pensa-t-elle, je suis fichue. C'est sûre que je vais replonger, mais comment résister, il est si beau. Zut de zut ! »

Dès qu'elle eut refermé la porte, David la prit dans ses bras en lui demandant :

— Es-tu toujours fâchée ou est-ce que je peux t'embrasser pour te dire bonjour ?

Pour toute réponse, Clara lui tendit ses lèvres.

Plus tard dans la soirée, David et Clara se rendirent au ZZ-Pub, un nouveau bar pour mineurs qui ouvrait ses portes dans le boulevard Saint-Laurent. Pour l'ouverture, plusieurs groupes de musique avaient été invités, dont celui de Chloé, The Defective. Et c'est avec un plaisir un peu plus flagrant que les deux filles, Clara et Chloé, se retrouvèrent.

Lorsque, enfin, l'animateur annonça The Defective, comme étant le prochain groupe à entrer sur scène, Clara fut étonnée de constater à quel point ils étaient connus. La salle était en délire et certains, déjà, se mettaient à chanter et à danser alors que les musiciens n'avaient même pas fini de s'installer et d'accorder leurs instruments.

Clara semblait beaucoup s'amuser et David était satisfait. Leur mise au point, quelques heures plus tôt, avait vraiment changé les choses entre eux. Maintenant, ils se sentaient plus proches l'un de l'autre. Tout comme elle, il sentait que les barrières étaient maintenant tombées. David savait qu'il était amoureux d'elle, mais il restait certains éléments en ce qui concernait Justine qui l'agaçaient.

Justine ne le laissait pas indifférent, et même il l'aimait beaucoup. Mais il n'arrivait toujours pas clairement à savoir s'il l'aimait, point. À ses yeux, il y avait une très grande différence entre aimer beaucoup et aimer point, sans aucun qualificatif pour l'appuyer. Et toute la difficulté résidait dans l'ajout ou non, d'un qualificatif. Il était vrai qu'ils avaient passé de bons moments ensemble. Sa fraîcheur et son insatiable envie d'aimer en faisaient un être extraordinaire, et il se demandait si cet être merveilleux lui était destiné. Elle était si romantique, elle croyait si fort à l'amour qu'il n'osait se demander comment elle allait réagir lorsqu'il lui annoncerait qu'il aimait Clara et que c'était avec elle qu'il désirait rester.

Il s'était vite aperçu que Justine était très possessive, il lui paraissait donc évident qu'elle n'allait pas l'accepter si facilement. Ce qu'il trouvait vraiment dommage dans toute cette histoire, c'était cette amitié perdue entre les deux filles. Il savait qu'il avait fallu beaucoup de temps pour tisser des liens aussi solides que les leurs, et qu'il en avait fallu bien peu pour tout réduire à néant.

Ni lui ni Clara ne virent Justine venir dans leur direction à grandes enjambées. Ce ne fut qu'au dernier moment que Clara se retourna vers elle, et sans être apparemment surprise, se contenta de lui dire :

— Je me doutais que tu allais venir ce soir.

Justine lui répondit par un sourire, avant de renchérir :

— Quand nous étions plus jeunes, je trouvais amusant cette espèce de don nous permettant de savoir où l'autre était exactement. Aujourd'hui, je dois avouer que cela m'ennuie terriblement. Et comme tu le pensais toi-même l'autre jour, notre connivence me pèse. Bonsoir, David, lança-telle dans la direction du garçon, avant de prendre une chaise et de s'asseoir. Je me suis permis de m'inviter à cette petite soirée, j'espère que ça ne vous dérange pas...

La musique était si forte qu'ils avaient de la peine à s'entendre.

— Non, bien entendu. Pourquoi cela nous dérangerait-il ? Tu sais très bien que tu es la bienvenue, lui répondit David, retrouvant un peu de son assurance après que l'effet de surprise fut disparu.

— Je me le demande... En fait, pour être franche, je ne suis pas venue ici pour écouter ces groupes de musique. Non. Je suis là, car je crois que nous avons des choses à nous dire. Je pense qu'il est plus que temps d'en finir avec cette histoire, ça a duré assez longtemps. J'imagine que là-dessus nous sommes tous les trois d'accord. Je vous propose donc d'aller ailleurs, dans un endroit un peu plus calme pour discuter, car on ne s'entend pas ici !

Sans vraiment attendre de réponse, Justine se leva et se dirigea vers la sortie, lorsque David la rattrapa, après avoir dit à Clara de rester assise et de l'attendre sans bouger. Prenant Justine par le bras, il l'entraîna dehors :

— Mais qu'est-ce que tu veux, Justine ? J'aimerais bien que tu m'expliques ce que tu es venue faire ici. Quand je sors avec toi, est-ce que Clara vient nous déranger ?

Non, elle respecte notre intimité. Je ne supporterais pas plus longtemps ce genre de comportement. Les crises de jalousie en public, ce n'est pas mon *trip*.

Justine le dévisagea, elle avait les larmes aux yeux, ne comprenant visiblement pas la saute d'humeur de David. Elle murmura :

— Je suis désolée, mais je t'aime tellement que je te veux tout à moi. Je sais que ce n'est pas correct ce que j'ai fait, mais c'est plus fort que moi.

Elle s'approcha de lui et lui caressa la joue du revers de la main.

— J'ai tellement plus à t'offrir que Clara, laisse-moi la chance de te le prouver.

David lui prit la main et l'embrassa.

— Rentre chez toi, Justine, je te téléphone demain et nous reparlerons de tout cela.

Très obéissante, elle lui répondit par un sourire avant de tourner les talons et de repartir. David terriblement soucieux, la regarda s'éloigner, en songeant : « C'est décidé, mon choix est fait. Ça ne va pas être facile lorsque je vais lui apprendre que j'ai choisi Clara. »

Lorsqu'il se retourna pour rentrer dans le bar, il se heurta à Clara qui se trouvait juste derrière lui. Il était clair qu'elle avait vu toute la scène. David voulut la rassurer par un sourire.

— Elle est très amoureuse de toi ! Tout comme moi d'ailleurs ! Je n'aimerais pas être à ta place, David, lança-t-elle, comprenant très bien ce qui se passait dans la tête de son compagnon. Avant je trouvais que tu avais le beau rôle, tu avais le choix, deux filles qui t'aimaient, mais maintenant, je dois avouer que je ne t'envie pas.

David fixait le néon violet du ZZ-Pub en l'écoutant. Sans se retourner, il laissa glisser les mots de sa bouche, comme ils lui venaient, en vrac, sans chercher à faire de figure de style.

— J'ai pris ma décision, Clara. Je sais que mon choix va rendre Justine très malheureuse.

Il tourna alors la tête pour la regarder droit dans les yeux, avant de poursuivre :

— Mais elle savait depuis le début qu'il n'y aurait qu'une seule élue.

Clara ne savait trop comment réagir. Elle avait attendu ce moment depuis si longtemps qu'elle ne savait plus aujourd'hui si elle devait en rire ou en pleurer. Une énorme boule lui serrait la poitrine.

David continuait de parler :

— J'ai toujours essayé d'être le même avec vous deux, je ne crois pas en avoir donné plus à l'une qu'à l'autre. Cette histoire finit mal pour elle, et j'en suis désolé. Ce n'est pas de ma faute si vous m'êtes tombées dans l'œil toutes les deux. Il fallait que je choisisse et j'ai fait ce choix maintenant.

Clara restait là debout devant lui sans rien faire, le regard dans le vide. C'était la première fois depuis le début de cette saga que tous les deux parlaient de la fin, en connaissant le nom de celle qui resterait sur la touche. Car il ne fallait pas se le cacher,

Justine était la perdante dans toute cette affaire.

Bien sûr, ils en auraient tous deux des remords pendant quelque temps, mais Justine, elle, devrait vivre avec une immense peine d'amour. Sa première peine d'amour, la plus difficile, la plus cruelle. Clara se sentit terriblement mal à cette idée, elle voulut rentrer chez elle. Elle avait besoin d'être seule.

David la ramena, lentement, à pied. Ils ne parlèrent pas pendant le trajet, chacun essayant de mieux assimiler les conséquences de ce qu'ils venaient de découvrir de part et d'autre.

Sans prendre la peine de se déshabiller, Clara entra sous les couvertures. Elle avait l'impression que c'était à elle que David avait annoncé la mauvaise nouvelle. Elle pleurait toutes les larmes de son corps, secouée de violents sanglots.

Lise entra dans la pièce et vint la prendre dans ses bras pour la réconforter. Elles restèrent près d'une heure comme ça sans parler. Lise était persuadée que David venait de la laisser tomber.

— Chut, ma chérie, ça va aller, tu vas voir. Ce sera long, mais je te jure que tu vas t'en remettre. Des David, il y en a d'autres...

Clara murmura entre deux sanglots.

— Non, maman, David m'a... choisie...

— Mais alors, pourquoi pleures-tu comme ça ?

Clara releva la tête vers sa mère.

— Mais, Justine, maman... je suis déchirée intérieurement comme si c'était moi que David rejetait. Tu comprends ?

— Oui, je pense que oui, ma chérie.

Bien peu de personnes pouvaient comprendre ce que Clara vivait, mais Lise Valois, oui. Elle savait que l'amitié des deux filles était et serait toujours viscérale.

Clara était en train de vivre la peine d'amour de Justine. Elle la vivait comme pour elle-même, avec la même intensité. Lise se demanda si Justine vivrait à son tour l'histoire d'amour de Clara.

Chapitre 7

David était en train d'essuyer la vaisselle que sa mère déposait au fur et à mesure dans le bac pour qu'elle s'égoutte un peu. Complètement perdu dans ses pensées, il ne se rendait pas compte que ça faisait déjà un bon moment qu'il essuyait la même assiette, lorsque Nicole le lui fit remarquer.

– Eh bien, mon chéri, tes pensées doivent être vraiment captivantes.

Elle lui prit l'assiette des mains, en rajoutant :

– Je crois qu'elle est sèche, on peut la ranger. Dis donc toi, depuis que tu es levé, tu n'as pas dit un seul mot. Il doit y avoir une certaine Justine là-dessous ou encore une Clara peut-être !

Nicole attendait une réaction de son fils, mais elle ne vint pas. Elle n'était même pas sûre qu'il l'ait vraiment entendue. Elle insista :

— Hou hou, mon chéri, est-ce que tu m'entends ?

Nicole lui souriait de toutes ses dents. Légèrement agacé, David fronça les sourcils.

— Mais qu'est-ce que tu as, ce matin ? Bien sûr que je t'entends, je ne suis pas encore devenu sourd que je sache ! Tu sais, maman, ta bonne humeur peut parfois être très agaçante. Non, mais c'est vrai, chaque fois que l'on essaie de réfléchir à quelque chose dans cette maison, il faut toujours qu'il y en ait un pour vous déranger ! Je vais dans ma chambre, je vais peut-être avoir un peu la paix !

David lança le torchon à son père qui venait d'entrer dans la cuisine. Celui-ci affichait un air interrogateur devant la mauvaise humeur subite de son fils. Nicole haussa les épaules avec un sourire en coin.

— Ça va lui passer !

Une fois seul, David reprit le cours de ses pensées. « Devrais-je l'inviter au restaurant pour lui dire ?... Non, non, c'est trop délicat pour être dit dans un lieu public. Alors ici, je vais l'inviter à venir me rejoindre ici... Hum, il faudrait que j'arrive à me débarrasser de mes parents. Et ça m'étonnerait qu'ils acceptent de partir pour quelques heures... Non, ce n'est pas vraiment une bonne idée et puis, elle ne se sentirait pas à l'aise. Bon, alors, il ne me reste qu'à aller chez elle. Je vais lui téléphoner comme prévu et je vais m'inviter. Oui, je crois que c'est la meilleure chose à faire, au moins elle sera dans son environnement, dans sa propre maison. Et puis ça risque peut-être de lui faire un choc. »

David sauta sur son téléphone et mit son programme à exécution.

Debout devant son miroir, Justine tourna sur elle-même pour la dixième fois au moins, afin de voir si tout était parfait. David venait de lui téléphoner pour lui dire qu'il passait. Énervée au plus haut point, Justine arpentait la maison de long en large, retournant constamment voir dans la glace si rien ne clochait. Étant donné qu'elle était chez elle, elle ne pouvait pas être habillée en tenue de soirée. Elle avait donc choisi un jeans et un gros col roulé bourgogne. Elle s'était très légèrement maquillée et avait enlevé sa barrette pour laisser ses cheveux défaits. David lui avait déjà dit qu'il la trouvait plus jolie quand ses cheveux n'étaient pas attachés.

Lorsque le timbre de la sonnette d'entrée se fit entendre, elle sursauta en disant tout haut :

— Déjà ! Zut, j'aurais aimé regarder une dernière fois si tout était correct.

En disant ces mots, elle se précipita vers la porte pour l'ouvrir.

— Tiens, David ! Entre, fais comme chez toi. Excuse-moi, dit-elle en tirant sur son chandail, mais je n'ai pas eu le temps de me changer, j'étais en train d'étudier.

Tu me vois vraiment au naturel, dans mon quotidien.

David lui répondit en souriant.

— Arrête, tu es toujours magnifique !...
Très nerveux, il enchaîna aussitôt :

— Je ne te dérangerais pas trop longtemps. Je voulais te voir, car nous avons des choses à nous dire, au sujet de toi, moi et Clara. J'imagine que tu te doutais un peu que c'était pour cette raison que je voulais te voir ? Ensuite, je dois passer chez Clara, elle m'attend.

— Je comprends très bien que tu désires la voir en dernier. En fait, tu n'as aucune idée du temps que cela va te demander pour la réconforter !

David l'écoutait en se laissant choir dans le divan, mais il ne saisissait pas très bien ce qu'elle lui racontait, et d'ailleurs il n'avait pas vraiment envie de le savoir. Il y avait quelque chose qui le préoccupait bien plus et il ne savait pas comment il allait aborder le sujet. Il se releva aussitôt du divan, pour se donner de l'assurance, lorsque Justine lui demanda :

— Veux-tu boire quelque chose ?

Un peu agacé d'être déconcentré par ce détail futile, il lui répondit négativement d'un signe de tête. Puis il se lança.

— Bon, voilà Justine, tu sais que je devais faire un choix entre toi et Clara. Je dois t'annoncer que ma décision est prise, mais avant je dois te dire que ça n'a pas été facile du tout. Vous êtes tellement géniales comme filles, que l'on aurait envie de sortir avec vous deux en même temps.

David fit une pause pour reprendre son souffle et pour essuyer son front qui perlait légèrement.

— Je n'ai jamais, de toute ma vie, été confronté à quelque chose d'aussi terrible à faire.

Justine était assise bien droite dans le fauteuil, attendant sagement que David finisse de parler.

— Tu comprends, comment rester indifférent à la situation, quand on sait que l'on va rendre quelqu'un malheureux. J'ai bien pensé ne choisir ni l'une ni l'autre, cela aurait été plus facile pour tout le monde et au moins ce qui va suivre aurait été évité. Je veux parler de l'éclatement de votre amitié à Clara et toi, bien entendu... J'ai soif !

Justine bondit aussitôt sur ses pieds pour aller lui chercher un verre d'eau.

Pendant qu'il le vidait, elle reprit sa place dans le fauteuil.

— Voilà, je crois que j'ai assez tourné autour du pot. Justine, je suis terriblement désolé... mais j'ai choisi Clara. C'est dit !

Justine ne bougeait pas, abasourdie par ce qu'elle venait d'entendre. Tranquillement, comme étant sous hypnose, elle leva les yeux vers David qui était resté debout. Son regard démontrait clairement qu'elle ne comprenait pas ce qui lui arrivait. David se mit à genoux devant elle en la saisissant par les épaules.

— Justine, as-tu compris ce que je viens de te dire ? Je t'annonce que je sors avec Clara, c'est elle que j'ai choisie, c'est elle que j'aime, j'en suis sûr maintenant.

Cette fois, elle reçut très clairement le message. Aucun son ne sortait de sa bouche, mais ses lèvres tremblaient, pendant que des larmes commençaient doucement à glisser le long de ses joues.

En un instant, Justine se leva et David eut la sensation qu'une tempête venait d'éclater. Justine entra dans une colère noire, elle se promenait de long en large dans la pièce en hurlant et en lançant des insultes à l'adresse de Clara. David ne savait pas s'il devait intervenir ou s'il devait la laisser se vider le cœur. Mais aussi vite qu'elle était entrée dans cette furie, la jeune fille retrouva rapidement son calme pour se mettre à pleurer toutes les larmes de son corps. C'est alors qu'elle se tourna vers lui pour se jeter dans ses bras.

— Non, David, ce n'est pas vrai, dis-moi que c'est une blague ! C'est moi que tu devais choisir, pas elle. Elle ne t'apportera pas le dixième de ce que j'ai à t'offrir. Je t'en supplie, reviens sur ta décision, je t'aime tellement. Tu ne peux pas me faire ça, pas toi. Tu te trompes, c'est de moi dont tu es amoureux.

Tout en disant ces paroles, Justine le couvrait de baisers. David lui saisit fermement les mains dans l'intention qu'elle le lâche.

– Je suis désolé, Justine, j'espère que tu me pardonneras un jour.

Sans attendre plus longtemps, il se dirigea vers la sortie, laissant Justine tremblante de peine et de haine. Il se retourna vers elle pour rajouter quelque chose, mais il changea d'avis. Tout avait été dit !

Lorsque Justine vit la porte se refermer sur David, elle voulut lui crier de revenir, mais aucun son ne sortit de sa gorge. Brisée, elle se laissa tomber à même le sol, laissant libre cours à la peine qui la rongeait.

Elle resta ainsi pendant des heures, à pleurer et à maudire ce couple qui venait de s'unir à ses dépens. Mais c'était surtout vers Clara que sa hargne se tournait. Elle, qui savait parfaitement et depuis le début, à quel point Justine était tombée amoureuse de ce garçon. Justine en était maintenant convaincue, Clara avait volontairement détourné David d'elle, en lui faisant croire qu'elle l'aimait. Mais, en fait, tout ça n'était que balivernes. Clara était simplement jalouse de voir qu'elle, Justine, pouvait avoir des sentiments pour quelqu'un d'autre que sa petite personne. Que ce même quelqu'un pouvait aussi s'intéresser à elle.

— Je vous souhaite tous les malheurs du monde, mes jolis tourtereaux. Et je suis persuadée que votre histoire ne tiendra pas plus de deux semaines. Juste le temps qu'il faut pour que David découvre quel genre de fille tu es, Clara. Qu'il comprenne enfin que tu l'as trompé en lui faisant croire que tu l'aimais. Bientôt, il me reviendra, j'en suis sûre. Pauvre David !

Peu convaincue par ses propres pensées, Justine se remit à pleurer. Elle resta allongée par terre, déversant ses larmes sur le tapis du salon. Épuisée par toute cette peine, elle finit par s'endormir à même le sol.

Lorsque Georges et Michelle rentrèrent de leur soirée, ils trouvèrent leur fille comme ça, gisant sur le plancher. Michelle, prise de panique, s'approcha pour constater qu'elle dormait. Elle lui caressa la joue tout doucement pour la réveiller. Lorsque Justine ouvrit ses yeux tout bouffis et qu'elle constata que c'était sa mère qui se tenait là devant elle, elle se blottit dans ses bras et se remit aussitôt à pleurer.

Georges souleva sa fille et alla la porter dans sa chambre pour la coucher dans son lit, comme lorsqu'elle était toute petite et qu'il parvenait à apaiser tous ses chagrins simplement par sa présence rassurante. Encore une fois, sa tendresse semblait avoir joué, car Justine se rendormit très vite. Mais plusieurs fois durant la nuit, sa mère dut se lever pour la réconforter, de nombreux cauchemars hantaient ses songes et la laissaient au bord du vide, désemparée et mal dans son corps.

Les jours qui suivirent plongèrent Justine dans un état léthargique. Elle ne voulait plus manger, ni voir personne. Elle passait la plupart de ses journées à pleurer ou à dormir, ne se rendant même plus à l'école. Elle s'enfermait dans sa chambre, d'où sa mère l'entendait crier sa peine. Elle hurlait de toutes ses forces comme pour exorciser ce mal qui la rongeait. Elle était malheureuse, elle était en peine d'amour. Sa première grande peine d'amour !

Chapitre 8

◆◇◆◇◆◇◆◇◆◇◆◇◆◇◆◇◆◇◆◇◆◇◆◇◆◇◆

Main dans la main, les amoureux remontaient la rue Saint-Denis, qui, tranquillement, se couvrait de gros flocons de neige. Avec ses décorations et sa musique des fêtes de fin d'année, l'atmosphère avait quelque chose de magique. Ils entraient et sortaient des boutiques en riant comme deux enfants excités par cette veille de Noël. Jamais cette période ne leur avait auparavant semblé aussi réjouissante. Ils parcouraient la rue en se courant après ou encore en se lançant des boules de neige, prenant souvent en otage un passant. Ils souhaitaient à tous ceux qu'ils croisaient de joyeuses fêtes et beaucoup de bonheur. Leurs rires étaient contagieux et beaucoup de passants s'amusaient de les voir si heureux.

◆◇◆◇◆◇◆◇◆◇◆◇◆

— Vite, nous devons nous dépêcher, les boutiques vont bientôt fermer et je n'aurais rien trouvé pour ma grand-mère.

Clara tirait David par la manche de son manteau, pour le forcer à presser le pas. Ils entrèrent dans une petite boutique toute coquette sentant la lavande, et qui vendait de la dentelle.

— Voilà ce qu'il me faut ! lança Clara en direction de David.

Elle tenait dans ses mains de jolies mouchoirs blancs, dont les contours étaient finement brodés de fils de soie, comme lui indiqua la vendeuse. Sûre de son coup, elle passa aussitôt à la caisse et demanda qu'on les lui emballe.

Visiblement heureux d'être enfin débarrassé de cette corvée, David envisageait la suite telle qu'ils l'avaient prévue. Aller prendre un bol de chocolat chaud dans leur fameux bistro de la rue Rachel, dont le nom continuait toujours à lui échapper.

À travers la vitrine, il aperçut, de l'autre côté de la rue, une silhouette qui lui semblait familière. Pendant quelques instants, il la suivit du regard.

— Elle ressemble beaucoup à Justine, n'est-ce pas ? confirma tristement Clara derrière lui.

Il se retourna pour lui demander si elle en avait terminé avec ses emplettes, car il lui avoua en souriant qu'il en avait un peu marre. Devant la réponse positive de Clara, David la prit par la main pour l'entraîner à l'extérieur, sans dire un mot de plus.

Ils n'avaient jamais reparlé de Justine depuis presque un mois maintenant qu'ils étaient ensemble. Clara avait fini par passer par-dessus les états d'âme de Justine, bien que cette dernière lui manquât terriblement. Quant à David, difficile de connaître ses sentiments, il ne lui reparla jamais de sa décision, ni de ce qui s'était passé chez Justine.

Pourtant, Clara sentait que quelque chose le tenaillait et qu'il ne voulait pas lui confier ce trouble. Elle avait, bien entendu, compris qu'il devait s'agir de Justine, mais elle s'était résolue à ne pas lui en toucher un mot. À quoi bon raviver de si douloureux souvenirs, pour l'un comme pour l'autre. De toute façon, s'il voulait lui dire quelque chose, elle resterait toujours disponible pour l'entendre, et il le savait. Cependant, elle n'avait pas envie de gâcher la période qu'elle préférait le plus dans l'année en se cassant la tête, et elle souhaitait que David pense comme elle. Il serait bien assez tôt, après les fêtes, pour discuter franchement du problème, si problème il y avait !

Souriante, elle sautillait à son bras, se laissant peu à peu reprendre par l'atmosphère des fêtes et la gaieté ambiante.

David, de son côté, avait très bien perçu la peine de Clara. En fait, c'était l'évidence même : quiconque était plus ou moins au courant de ce qui venait de se passer pouvait facilement voir sur le visage de Clara qu'elle était malheureuse quand elle pensait à Justine. Il comprenait fort bien le désespoir de sa compagne, mais ce qu'il ne saisissait pas, c'étaient les raisons pour lesquelles elle ne lui en parlait jamais. Elle restait terriblement secrète sur ce qui s'était réellement déroulé entre elle et sa meilleure amie.

Mais tout comme Clara, David décida de ne pas gâcher une si belle journée par des pensées aussi sombres. Lui aussi retrouva son sourire, et les deux amoureux reprirent leur promenade d'un cœur moins léger, mais le sourire aux lèvres.

Comme chaque année, toute la famille de Clara se réunissait chez sa grand-mère maternelle. Chez Justine, le même rituel présidait au réveillon de Noël. Elles étaient de la même famille après tout, et seraient bien forcées de se côtoyer.

Clara appréhendait beaucoup de se retrouver en face de Justine, ne sachant trop comment réagir. Depuis cette soirée au ZZ-Pub, Clara ne l'avait pas revue et elle n'avait plus eu de ses nouvelles.

Heureusement, de son côté, David passait aussi le réveillon dans sa famille, c'était chez lui aussi une tradition.

« Son absence permettra peut-être d'éviter la catastrophe, pensa-t-elle, l'atmosphère en sera moins lourde. »

En cette veille de Noël, presque tout le monde était arrivé, mais Clara n'avait toujours pas repéré Justine parmi tous les membres de la famille qu'elle croisait. Chaque fois qu'elle arrivait à se libérer d'un oncle ou d'une tante trop accaparants, c'était pour retomber un peu plus loin dans les bras d'un cousin qui s'empressait de l'embrasser. Quelque peu inquiète de n'avoir pas encore vu Justine, Clara alla trouver Michelle Carpentier, la mère de son ancienne meilleure amie. Celle-ci lui fit un accueil des plus chaleureux, ce qui la surprit un peu.

— Justine n'est pas venue pour le réveillon ? questionna-t-elle tout bas, presque dans un chuchotement.

Une lueur de tristesse se profila dans le regard de Michelle. Elle prit Clara par la main pour l'emmener un peu à l'écart, loin des oreilles indiscrètes.

— Non, Justine ne voulait pas venir ! J'ai beaucoup insisté, mais elle a été catégorique. Tu sais comment elle est quand elle a pris une décision, impossible de lui faire changer d'idée. Quand je lui ai demandé pourquoi, elle m'a répondu (Michelle poussa un profond soupir) qu'elle ne voulait plus jamais te revoir. Je suis désolée, Clara, de te rapporter ces paroles-là, comme ça, aussi crûment, mais je crois qu'il fallait que tu le saches... Je me suis dit que s'il y avait bien quelqu'un qui pouvait réussir à la faire sortir de sa torpeur, eh bien, ce serait toi.

Pendant que la mère de Justine lui parlait, Clara avait le regard fixé sur l'arbre de Noël. En sourdine, une douce musique des fêtes se faisait entendre. Clara crut reconnaître le chœur des Petits Chanteurs du Mont-Royal. Elle revint à Michelle qui continuait son bavardage.

— Je connais tout de votre histoire avec David, et je trouve vraiment dommage que cela se soit fini ainsi. Mais comme je le lui ai dit, vous saviez tous les trois comment toute cette aventure allait se terminer. Dès le commencement, vous étiez conscients que l'un de vous allait en souffrir. Je lui avais pourtant dit, depuis le début, de tout laisser tomber, mais elle était persuadée que ce serait elle que David choisirait. Pauvre chérie ! Eh oui, aujourd'hui, le triste résultat de toute cette affaire est que Justine est très malheureuse, et toi aussi d'une certaine manière, car votre si grande amitié est détruite.

Michelle s'arrêta de parler un instant pour avaler une gorgée de vin rouge, tout en repensant à ce qu'elle venait de dire, avant de poursuivre :

— Au fait, ce fameux David n'est pas là ce soir ? Que je rencontre enfin celui qui est à l'origine de tous ces bouleversements et du triste sort de ma fille. Je te demande ça, car Justine ne me l'a jamais présenté, elle est tellement secrète parfois. Elle et son éternel romantisme... le prince charmant anonyme et sans visage, et leurs liaisons secrètes, vois où cela l'a menée !

Michelle roula des yeux devant ce qu'elle considérait être une histoire stupide finissant très mal.

— Tu veux mon avis !

Clara opina de la tête.

— Vous, les adolescents, vous vivez trop ces choses avec sérieux et passion. Ce n'est pas sain tout ça, et d'ailleurs, ce n'est pas la vraie vie !

Clara l'embrassa sur la joue en lui disant qu'elle devait aller voir sa grand-mère qui faisait son entrée dans la pièce. En passant près de l'arbre, elle prit le cadeau qui lui était destiné et se dirigea vers sa charmante aïeule. Celle-ci l'accueillit en la serrant très fort dans ses bras.

— Bonjour, ma chérie, comment te portes-tu ?

Sans dire un mot, Clara plongea ses jolies yeux noisette dans ceux de sa grand-mère, espérant lui faire comprendre toute la tristesse qui l'habitait. Sa grand-mère lui caressa la joue et lui confia à voix basse :

— Ta mère m'a parlé de votre aventure à Justine et à toi, une bien triste histoire, je dois l'avouer ! Mais je pense que tout peut s'arranger quand on le souhaite vraiment. Tu sais, dans la vie, tout ce que l'on accomplit se résume toujours au désir que l'on a qu'il en soit ainsi.

Clara releva son menton qu'elle avait gardé baissé en fixant ses souliers et lui répondit par un généreux sourire, l'embrassa en lui souhaitant un très Joyeux Noël.

Lorsqu'elle arriva en face de chez Justine, Clara n'hésita que quelques secondes avant de monter les trois marches qui la séparaient de la porte. Elle prit une profonde inspiration et mit le doigt sur l'interrupteur de la sonnette d'entrée. Une chanson de Noël se fit entendre en guise de carillon. Clara éclata de rire en repensant à toutes ces blagues quelles avaient pu faire, il y a quelques années, autour de ce malheureux tintamarre de grelots, lorsque la porte s'ouvrit sur Justine.

Les deux amies se dévisagèrent en silence pendant quelques secondes, qui parurent une éternité pour Clara.

— Je n'ai absolument rien à te dire, va-t-en d'ici, lui lança froidement Justine.

Elle allait refermer la porte, quand Clara la repoussa de la main, avant d'entrer dans la demeure.

— Peut-être n'as-tu rien à me dire, mais moi, oui, et tu vas m'écouter ! Est-ce comme ça que l'on reçoit sa lointaine cousine le soir de Noël ?

Justine s'avança vers elle pour lui dire sa façon de penser.

— Je n'ai rien à te dire. Alors, pour la dernière fois, je te prie de sortir de chez moi.

— Avec un accueil si chaleureux, il serait impoli de ma part de ne pas rester.

En disant cela, Clara retira ses gants et son béret, ainsi que son manteau qu'elle alla déposer sur le portemanteau.

Justine ne dit rien, elle lui tourna le dos et se dirigea vers sa chambre. Avant d'y entrer, elle lança à Clara :

— Ferme la porte comme il faut en sortant.

Puis elle s'enferma dans sa chambre, sans rien ajouter d'autre. Clara resta prise de court un bref instant, mais riposta en criant en direction de la porte close :

— Tête de cochon ! S'il le faut, je passerais la nuit ici, devant ta porte. Il faudra bien que tu sortes de cette chambre à un moment donné, ne serait-ce que pour aller aux toilettes.

Elle entendit la voix de Justine derrière la porte, lui crier « Bonne nuit ! »

Assise dans son lit à relire pour la dixième fois la même page d'un roman qu'elle venait de commencer, Justine ne pouvait s'empêcher de penser à Clara qui se trouvait de l'autre côté de la porte. Celle-ci lui avait dit qu'elle désirait lui parler, mais de quoi ? Si elle était là, le soir du réveillon de Noël, au lieu d'être en train de s'amuser avec... David, et le reste de la famille, c'est que ce qu'elle avait à lui dire devait être important !

Justine plissa les yeux comme pour pousser sa réflexion encore plus loin.

Machinalement, elle enroulait une mèche de ses cheveux chatain-blond autour de son doigt. Mais elle avait aussi très bien compris que si Clara attendait comme ça de l'autre côté de sa porte, ce devait être uniquement pour se faire pardonner. C'était clair, Clara avait des remords. Cette constatation la fit sourire.

Bien sûr, elle mourait d'envie d'ouvrir cette satanée porte et de lui demander ce qu'elle lui voulait, juste pour le plaisir de la voir tourner en rond et qu'elle finisse par lui présenter ses excuses. Mais, elle ne pouvait pas faire ça, après tout elle lui en voulait tellement de sortir avec David, celui qu'elle aimait. Si elle ouvrait cette porte, Clara pourrait croire que sa rancœur avait disparu. Non, elle devait aller jusqu'au bout. Après tout, c'était elle qui avait été lésée dans cette histoire. Si Clara avait des reproches à se faire, ce n'était pas son problème. Justine conclut à voix basse, pour elle-même : « Qu'elle assume ses choix ! Je ne ferais rien pour l'aider ! »

Elle replongea son nez dans son roman, pour s'apercevoir qu'elle lisait encore la même page. D'un geste rageur, elle tourna trois pages d'un coup et reprit sa lecture.

Il devait être trois heures trente du matin, lorsque Justine ouvrit doucement la porte de sa chambre et se risqua à jeter un œil dans le corridor.

Sur la pointe des pieds, en essayant de ne pas faire craquer le plancher de bois franc, elle avançait aussi silencieusement qu'elle le pouvait, retenant sa respiration. Elle passa la tête dans l'embrasure de la porte du salon pour y apercevoir Clara endormie tout habillée dans la causeuse.

Elle pensa aller lui chercher une couverture, mais se ravisa aussitôt se traitant de triple idiote. Mais elle ne put s'empêcher, pendant quelques instants, de revoir en cette fille qui lui avait fait tant de mal sa grande et unique amie, sa sœur. « Je t'ai tant aimée, qu'il m'est impossible aujourd'hui de te détester... et pourtant je voudrais tellement que tu disparaisses de ma vie pour toujours. Malheureusement pour moi, ne sommes-nous pas liées par ce même cordon qui relit les jumeaux entre eux ? Si tu savais comme je te déteste, Clara... Je ne veux plus rien savoir de toi. »

Justine esquissa une grimace, renifla une larme qui s'apprêtait à percer le mur de la forteresse qu'elle s'acharnait à dresser autour de sa personne et repartit vers la chaleur de son lit.

Au petit matin, Clara ouvrit les yeux, se demandant pendant un instant où elle se trouvait et ce qu'elle pouvait bien faire sur le divan chez Justine.

Toute courbaturée, elle s'assit en prenant sa tête entre ses mains, se rappela tous les détails de la soirée de la veille. Elle secoua la tête comme pour chasser les dernières brumes du sommeil, se leva pour aller cons-tater que la porte de Justine était toujours hermétiquement fermée. Laissant échapper un profond soupir, elle saisit son manteau, ramassa son sac et quelques-uns de ses objets qui en étaient sortis et qui traînaient dans le salon, et s'en alla.

Une fois à l'extérieur, elle prit une profonde inspiration d'air glacé, pour se rafraîchir les idées. « Hier, j'ai essayé de te parler Justine... à présent, tout est fini. À partir de maintenant, je ne vivrais que pour moi. Nous est réellement mort. Il ne reste que Moi, Moi et lui. » Elle regarda derrière elle avant de fermer définitivement la porte sur leur passé.

Chapitre 9

Cela faisait déjà quelques jours que Clara séjournait au chalet des Durocher, les parents de David. Elle y avait rejoint son ami pour fêter le 25 décembre avec lui. Et ils devaient y rester jusqu'au Nouvel An. Tous les deux passaient la majeure partie de leur temps à faire de longues promenades, main dans la main, quelle que soit la température. Quand ils ne se promenaient pas, ils passaient la journée à lézarder tout emmitouflés dans d'épaisses couvertures de laine sur l'immense terrasse qui surplombait un magnifique lac gelé, tout en sirotant des litres de chocolat chaud. Le paysage était grandiose, avec toutes les montagnes recouvertes de neige. Clara prenait un réel plaisir à ces vacances, elle ne voulait plus quitter les lieux, avait-elle annoncé en riant, aux Durocher.

Assis confortablement dans des chaises longues recouvertes de grosses couvertures, les deux amoureux se serraient davantage, prétextant des frissons pour se rapprocher encore et encore.

— Ce doit être magnifique de fêter le réveillon ici. J'imagine très bien la scène. On se rend à la messe de minuit en traîneau et après, tout le monde se rejoint ici pour réveillonner. L'avez-vous déjà fait ? Avez-vous déjà passé les fêtes ainsi ? demanda Clara à David.

— Oui, mes parents le faisaient quand nous étions plus jeunes avec mes cousins et mes cousines. Mais, aujourd'hui, il n'y a plus de bébé dans la famille...

— C'est dommage... J'ai toujours trouvé triste ce genre de tradition qui se perd aux fil des années, rajouta-t-elle avant de boire une gorgée de son chocolat.

David sentit que c'était pour lui le moment idéal pour lui parler de ce qui le tourmentait depuis quelque temps.

— Parlant de tradition et de choses sacrées qui se perdent, il y en a une que je trouve particulièrement regrettable. (Clara lui lança un regard interrogateur, l'encourageant à continuer.) C'est quelque chose de sacré et d'inestimable, quelque chose qui ne se rencontre pas tous les jours et que bien souvent on prend à la légère ou qu'on tient pour acquis et qui, pourtant, est primordial, dans une vie...

Clara commençait à s'impatienter devant un si long préambule, elle s'agitait sur son siège.

— Vas-y, quoi ? Arrête de tourner autour du pot, de quoi s'agit-il ?

— Très bien. Je veux parler de l'amitié... de ton amitié, ou devrais-je plutôt dire, de votre amitié à Justine et à toi.

David marqua une pause tout en guettant la réaction de la jeune fille. Clara ne bronchait pas d'un poil et continuait de regarder au loin. Mais, intérieurement, elle s'avoua avec un grand étonnement qu'elle ne s'était pas attendue à ça. Vraiment pas. Il avait très bien manœuvré pour l'emmener là, car elle ne l'avait pas vu venir. Elle lui lança très calmement :

— C'était donc ça qui t'inquiétait depuis quelque temps !

— Oui… Honnêtement, je trouve ça vraiment stupide que vous ne vous parliez plus à cause de moi. Car, soyons francs, si je n'étais pas arrivé dans votre vie à toutes les deux, vous vous en porteriez bien mieux aujourd'hui. Vous seriez toujours amies !

— Tu te souviens, c'est exactement ce que je t'avais dit un soir dans notre petit café de la rue Rachel. Dès ton arrivée dans nos vies, ç'a été la zizanie totale…

Clara remonta les couvertures sur ses épaules et pensa que le sujet lui donnait froid. « Froid à l'âme ! » ironisa-t-elle.

— Pour couper court à tes préoccupations, je dois t'avouer qu'il n'y a plus rien à faire pour Justine et moi, c'est de l'histoire ancienne, un peu comme ces veillées dans le temps où les gens allaient à la messe de minuit en calèche. Tout cela fait maintenant partie d'un passé révolu. Ce sont désormais des images que je qualifierais aujourd'hui de romantiques. Tu vois, de celles auxquelles on repense avec nostalgie. Et tu sais ce que je pense du romantisme !...

Clara esquissa une moue qui était censée en dire long. David se redressa pour la regarder bien en face.

— Oui, je sais ce que tu m'en as dit. Mais franchement, dis-moi la vérité, avoue que tu es une fille romantique. Ce n'est pas toi tantôt qui me parlais des Noël d'antan. Tu prétends le contraire, mais, en réalité, tu es plus romantique que Justine.

Elle afficha un air interloqué, mais conserva son éternel sourire, celui qu'il aimait tant.

— Je ne suis pas romantique, j'ai la nostalgie du passé, ce n'est pas du tout la même chose. Il ne faudrait pas confondre.

— Explique-moi donc la différence, parce que moi, je n'en vois pas !

Clara lui jeta un regard agacé. Elle avait envie de rentrer, elle commençait à avoir froid, mais elle savait que si elle le faisait, il sauterait sur l'occasion pour lui dire qu'elle voulait éviter le sujet. Elle réajusta ses couvertures comme pour se donner le temps de bien formuler sa pensée avant de lui répondre.

— Le romantisme concerne une époque, une philosophie, une manière d'agir et de se comporter. Un idéal amoureux, une histoire d'amour cousue de fils d'or, si tu préfères ! Alors que le fait d'être nostalgique peut se présenter sous n'importe quelle forme et pour n'importe quel sujet, pas forcément l'amour, dans un passé présent ou très lointain.

Clara eut une idée pour clore le bec à David sur ce sujet, qu'elle commençait à trouver quelque peu glissant. De plus, l'idée de rentrer et d'aller s'asseoir pour se réchauffer près du foyer devenait chez elle une idée fixe.

— Je vais te donner un exemple. J'ai toujours trouvé que les crachoirs étaient de beaux objets en général, et qu'ils représentaient bien une époque révolue. Je qualifie donc ce sentiment de nostalgique, mais ne viens pas me dire que je suis romantique parce que je trouve que les crachoirs me rendent nostalgique. Tu comprends ?

David ouvrit une bouche en O, éberlué par l'exemple, décontenancé par l'explication et, finalement, encore plus perplexe qu'avant.

— Je n'en suis pas sûr ! Tu peux me réexpliquer ça plus lentement ? lança-t-il à la fois amusé et sérieux. Quoi qu'il en soit, que tu sois une romantique ou non, je continue de penser que tu devrais peut-être penser un peu plus à Justine.

David marqua un temps d'arrêt volontaire pour ensuite lui lancer, en plein visage, pour la provoquer :

— Depuis plus d'un mois que nous sommes ensemble, tu n'as pas le moins du monde exprimé de regrets envers elle. Je ne comprends pas, vous étiez si proches. C'est impossible qu'elle ne te manque pas.

Clara regardait au loin. Deux ou trois silhouettes se dessinaient sur le lac gelé. Des patineurs sûrement. Ses yeux commençaient à se brouiller à force d'essayer de mieux voir les gens qui se détachaient à son point d'horizon. Et puis, elle commençait à trouver la conversation pesante et lui en voulait de gratter ainsi ses plaies, si peu cicatrisées.

— Serais-tu devenue à ce point insensible envers elle, que tu ne veuilles même pas essayer de lui téléphoner, de reprendre contact avec elle, de la voir. (David poursuivait sur sa lancée, ne se rendant pas compte que sa compagne était au bord de l'abîme.) Clara, lui dit-il en attrapant vivement ses mains, réveille-toi, c'est de ton amie que je te parle, celle que tu considérais comme ta sœur...

C'en était trop, Clara retira ses mains avec violence en se levant comme une automate.

— Pour qui te prends-tu, David Durocher ? Est-ce que tu crois que j'ai attendu ta pseudo-psychanalyse pour me soucier d'elle ?

Clara était furieuse ; elle arpenta la terrasse de long en large, avant de revenir vers lui.

— Tu sauras que j'ai passé la nuit du réveillon de Noël sur son divan, à attendre que mademoiselle Carpentier daigne vouloir sortir de sa chambre. Je voulais lui parler, m'expliquer et m'excuser... Lui dire que je l'aimais ! (Clara pleurait, elle avait de la difficulté à s'exprimer, les paroles s'étranglaient dans sa gorge.) Mais jamais elle n'a voulu m'entendre. Elle s'est contentée de me fermer la porte de sa chambre au nez. Jamais, durant toutes ces heures à l'attendre dans son salon, je n'ai senti chez elle la moindre intention de me pardonner ou même de simplement m'écouter. Le contact est définitivement coupé ! J'espérais, à tort, que nous allions retomber dans les bras l'une de l'autre, comme par le passé, que nous redeviendrions ce que nous avions été... Que nous éclaterions de rire devant un si stupide comportement. Quelle idiote, j'ai pu faire !

David l'entoura de ses bras, mal à l'aise d'avoir provoqué toutes ces larmes qu'elle versait, mais aussi satisfait d'avoir réussi à crever l'abcès et d'avoir provoqué quelque chose en elle. Tranquillement, il la ramena à l'intérieur du chalet pour l'installer près du foyer où crépitaient encore quelques bûches qu'il attisa. Clara rajouta à mi-voix :

— Elle me manque tellement... si tu savais. C'est comme si une partie de moi ne vivait plus, s'était éteinte.

Comme pour lui changer les idées, David lui dit en prenant un ton léger, à mi-chemin de la moquerie :

— Et après tu me dis que tu n'es pas une romantique ! Tu devrais t'écouter. Regarde-moi bien maintenant — il prit son joli visage entre ses mains — je suis persuadé que bientôt, vous serez de nouveau les meilleures amies du monde. Il ne peut en être autrement. David déposa ses lèvres délicatement sur celles de Clara. Je t'aime et je ferai tout mon possible pour que tu sois heureuse.

Lorsque Justine ouvrit sa porte d'entrée, la première chose qu'elle vit devant ses yeux fut un gigantesque bouquet de fleurs des champs. Elle passa sous l'immense bouquet, pour sortir à l'extérieur de chez elle, afin de voir qui tenait ces magnifiques fleurs. Lorsqu'elle se redressa en souriant déjà à son destinataire inconnu, Justine ne put s'empêcher de pousser un petit cri et de reculer. Du regard, elle scruta les alentours pour voir si Clara était dans les parages. Cette attitude n'échappa pas à David et il en prit note.

—Toi ? (Après que l'instant de surprise fut passé, elle enchaîna :) Mais qu'est-ce que c'est que cette histoire ? Si c'est une blague, elle est vraiment de très mauvais goût ! Que fais-tu ici et que veux-tu ?

Sans broncher, hautaine, le défiant des yeux, Justine se posta devant David, les poings sur les hanches, attendant des explications.

David soupira : « Au moins, elle ne m'a pas refermé la porte au nez. Si elle reste là, c'est qu'il y a de l'espoir. Je pense que nous allons pouvoir parlementer. J'aurais peut-être plus de chance que Clara. Du moins, je l'espère ! »

— Je suis désolé d'arriver chez toi comme ça, sans t'avoir prévenue avant, mais je passais dans le coin et je me demandais comment tu allais. J'ai donc décidé de venir faire un petit tour.

— Hum hum !

Justine ne voulut pas lui demander s'il sortait de chez Clara, qui demeurait à quelques maisons de là. Elle ne voulait pas lui laisser croire qu'elle s'intéressait encore à sa lointaine cousine.

— Et les fleurs ? ne put-elle se retenir de demander. Tu traînes toujours un si joli bouquet de fleurs sur toi, au cas où tu déciderais de t'arrêter voir quelqu'un pour lui dire bonjour ? Non, ça ne tient pas debout ton histoire ! Il faudrait que tu trouves quelque chose de mieux. Que veux-tu exactement, David ? Et arrête de me prendre pour une idiote, tu devrais savoir que j'ai horreur de ça !

Soudain, Justine plissa les yeux en le regardant, comme si elle venait de comprendre quelque chose.

— Attends une minute, tu es très futé, je viens de comprendre. Tu essaies de me faire croire que j'ai vu clair dans ton jeu, en te faisant passer pour un naïf. En jouant la carte du pauvre gars démasqué, tu espères que je vais t'inviter à entrer. Ainsi, tu obtiendras ce que tu désires. Tu as tout prévu... depuis la minute où je te demanderais des explications jusqu'à cet instant précis. Tu n'es pas là comme tu le prétends pour une simple visite de courtoisie.

Tournant les talons, Justine écarta David et son bouquet, et rentra aussitôt chez elle. Elle allait lui claquer la porte au nez quand elle se ravisa. Intérieurement, elle savait qu'elle ne pouvait lui en vouloir plus longtemps, elle l'aimait toujours. Jamais elle ne pourrait lui faire le moindre mal. Mais elle ne voulait pas qu'il s'en aperçoive. Elle avait déjà subi assez d'humiliation, elle ne voulait pas qu'il sache qu'il pouvait, encore, s'il le désirait, lui faire faire tout ce qu'il souhaitait.

Restant sur ses gardes, elle décida qu'elle devait se montrer froide et sans émotion. Il ne devait pas voir la flamme qui brûlait toujours au fond de ses yeux, pour lui.

— Que veux-tu au juste ? C'est Clara qui t'envoie ?

Rassuré de voir qu'elle n'allait pas le congédier tout de suite, David s'avoua : « Si je souhaite mener à bien cette mission, il faudra que je me montre plus fin stratège. Car j'ai en face de moi une dure à cuire, vachement coriace, qui n'hésitera pas à me fermer la porte sur les doigts si je me plante encore une fois. »

— Non. Clara ne sait pas que je suis ici...

Justine ne put s'empêcher d'esquisser un sourire de satisfaction.

— Ça fait à peine un mois que vous êtes ensemble et déjà vous vous faites des cachotteries ! Eh bien, c'est mieux que je ne l'espérais ! Justine ouvrit la porte d'entrée plus grande. Allez, entre, je suis en train de geler sur place. Je t'offre un bon bol de lait chaud, tu m'expliques toute ton histoire, la raison de ta présence ici et ce que tu attends de moi et après... eh bien, après nous verrons, lui lança-t-elle d'un ton à la fois ferme et ambigu.

David ne se fit pas prier et se laissa glisser dans l'appartement. Heureux comme un roi d'avoir réussi un tel exploit.

Avant de prendre la décision de venir trouver Justine pour lui demander de faire la paix avec Clara, David pensait que plus jamais elle n'accepterait de lui ouvrir sa porte, il était persuadé qu'elle devait le détester.

Ainsi, lorsqu'il décida d'aller la trouver et de tenter le tout pour le tout, il pensait, à ce moment-là, et avec raison, que Justine ne pouvait pas le détester, elle pouvait lui en vouloir, ça oui, mais elle ne pouvait le haïr. Tout comme elle ne pouvait pas avoir complètement oublié Clara. Au fond d'elle, David en était persuadé, Justine espérait de nouveau revoir son amie. Mais, pensat-il, elle n'ose faire les premiers pas. On ne change pas de sentiments comme on change de chemise. Quand on aime, on aime !

Assis l'un en face de l'autre dans la cuisine, Justine et David buvaient leur lait en silence, ce qui le fit sourire.

— Quand je bois du lait chaud comme ça, ça me fait penser à ma petite enfance. Ma grand-mère m'en faisait souvent boire. Elle disait que c'était bon pour tout, d'un simple rhume à l'insomnie.

— Elle avait raison ! J'en ai beaucoup bu moi aussi... déclara Justine, en prenant garde de ne pas se faire de moustache de lait.

Après tout, on a sa fierté quand même !

David sauta sur l'occasion qui se présentait à lui.

— Pourquoi, tu souffres d'insomnie ? Quelque chose te tracasse ?

Justine le fixa droit dans les yeux, comme pour essayer de lire en lui. Puis elle alla se resservir du lait légèrement tiédi. De retour à sa place, elle l'interrogea, sans prendre de gants.

— Tu veux savoir si Clara me manque, c'est ça ? C'est la raison de ta présence ici ? Dis-le-moi, je veux savoir...

Sans détour, David lui avoua les raisons de sa démarche.

— Oui, c'est pour cela que je suis venu te voir. Je pense que vous auriez tout à gagner en vous réconciliant. Vous restez toutes les deux sur la défensive, sans qu'aucune n'ose faire le premier pas. Mais je sais qu'intérieurement vous vous lan-guissez l'une de l'autre. Mais votre stupide entêtement vous empêche d'avancer l'une vers l'autre et vous rend malheureuses toutes les deux. Il y a quand même une limite à l'idiotie.

Justine eut un hoquet. Qu'elle se traite d'idiote d'accord, mais que cela sorte de sa bouche à lui, c'était trop fort. Pourtant, elle l'écoutait sans laisser transparaître ses émotions. Elle ne voulait pas qu'il se doute qu'elle lui donnait entièrement raison. Non, en réalité, elle n'était pas prête à revoir Clara. La blessure était trop vive, trop présente, surtout lorsqu'elle levait ses yeux vers David.

En son for intérieur, elle en voulait atrocement à Clara ; même si, parfois, sa tête la priait d'oublier, elle en était encore incapable. Peut-être le temps assagirait-il ses sentiments. Sans rien ajouter, elle se leva pour mettre fin à la conversation.

– Je suis désolée, David, mais tu dois partir... Je ne suis plus intéressée à revoir Clara. Je te prie de t'en aller !

David se dirigea vers la sortie d'un pas lent, abasourdi d'être renvoyé si abruptement. Il croyait que la vérité, la sincérité de sa démarche auraient pu faire changer d'idée Justine. Il était mortifié de se voir congédier ainsi, sans plus de précaution, sans plus d'explication.

Avant de refermer la porte derrière lui, Justine rajouta, comme pour bien lui faire comprendre qu'il lui avait fait perdre son temps :

— Dans la vie, il faut savoir partir sans se retourner !

Chapitre 10

‹◦›‹◦›‹◦›‹◦›‹◦›‹◦›‹◦›‹◦›‹◦›‹◦›‹◦›‹◦›‹◦›‹◦›‹◦›‹◦›

Six mois s'étaient écoulés depuis cette dernière confrontation entre David et Justine. Il n'avait jamais confié à Clara le pauvre résultat de cette tentative de réconciliation, à quoi bon ?

Les premiers temps, il avait longtemps espéré voir Justine arriver à l'improviste, comme si de rien n'était, reprenant sa relation avec Clara, là où elles l'avaient laissée. Mais, avec le temps, il fut obligé d'admettre que la jeune fille ne viendrait sûrement plus. Cette évidence lui faisait énormément de peine, pour elles comme pour lui. Il ne put que reconnaître que l'amitié des deux filles était vraiment brisée et il s'en voulait un peu d'en être la cause.

Cette constatation le fit beaucoup réfléchir sur l'ampleur démesurée que pouvaient prendre des sentiments entre deux personnes. Avec les émotions, on pouvait passer par tous les extrêmes. On pouvait en souffrir au point de vouloir en mourir, mais aussi, dans le sens contraire, on pouvait volontairement abandonner par peur que l'amour ne nous brûle.

« Décider de partir quand on aime encore, ça prend beaucoup de courage, pensa-t-il. Décider d'oublier quand on ne le désire pas vraiment doit être cruel, mais sûrement positif. Cela doit demander beaucoup de persévérance et d'obstination. »

À ses yeux, l'amour se révélait être une chose tout autant bénéfique que destructrice. Lorsqu'il ne vous avait pas dans son champ de vision, il vous réduisait en miettes. Le courage qu'il fallait pour lui tourner le dos était digne des dieux et héros antiques. En fait, l'amour n'était pas une chose simple, mais trop complexe, conclut-il.

En observant Clara qui se trouvait en face de lui en train de lire une bande dessinée, David pensa qu'elle devait être une héroïne.

Un beau matin, elle avait décidé de tout oublier, même si elle ne le voulait pas. Elle devait supposer, comme beaucoup de gens d'ailleurs, qu'avec le temps elle finirait par ne plus y penser. Et même si ce n'était pas le cas, la douleur en était sûrement moins vive.

Il fallait croire que cette technique fonctionnait, car elle ne lui reparla jamais de Justine. Et jamais non plus il ne perçut la moindre trace de ce malheur dans ses yeux, ni dans aucun de ses gestes. Si bien que David se mit à croire que, peut-être, l'amitié qui avait lié les deux filles n'avait pas été aussi profonde qu'elles voulaient bien le faire croire. Sinon, comment auraient-elles fait pour vivre l'une sans l'autre aussi longtemps ?

L'amour est fait pour aller de l'avant, il ne supporte pas le surplace, ça l'ennuie !

Quel poète avait eu la sagesse d'écrire une telle phrase ?

Sept mois maintenant qu'ils étaient ensemble et heureux de l'être. Amoureux fous, ils ne se quittaient jamais. Tous leurs faits et gestes étaient planifiés en fonction de l'autre. Chaque jour qui passait était témoin des nouveaux et des nombreux projets qu'ils élaboraient ensemble sur leur avenir. Rien ne semblait pouvoir les désunir, demain n'attendait qu'eux.

Par une belle matinée du mois de juin, Lise, la mère de Clara, entra dans la chambre de sa fille pour déposer sur son lit des vêtements qu'elle venait de repasser. Sur le sol, près de la poubelle, elle découvrit plusieurs papiers chiffonnés et déchirés. Elle se pencha pour les ramasser et les jeter. Sans vouloir être curieuse, ses yeux se portèrent néanmoins sur un nom. La lettre était datée de la semaine qui venait de s'écouler, et elle était adressée à Justine.

Intriguée, Lise se permit de la lire jusqu'au bout. Il était clair que jamais Clara n'avait songé à la lui envoyer, car elle était empreinte de trop de remords et profondément triste.

Madame Valois se demanda si sa fille avait souvent écrit ce genre de lettre à Justine, sans jamais les lui faire parvenir. Ce devait être, pensa-t-elle, une sorte d'exutoire, lui permettant d'exprimer ce qu'elle ressentait à défaut de ne pouvoir le lui dire en personne.

Lise s'en voulut beaucoup de n'avoir jamais décelé toute cette peine chez sa propre fille.

En fait, elle comprit qu'elle avait toujours pris trop à la légère cette histoire qui se révélait, aujourd'hui, être un véritable drame que sa fille avait toujours supporté seule, sans jamais en parler à qui que ce soit. Comment d'ailleurs aurait-elle pu s'en douter, puisque Clara semblait tellement épanouie et qu'elle affichait une mine franchement heureuse ? Tout le monde en était convaincu : elle avait fini par oublier. Personne ne songea à s'inquiéter de ces profonds silences dans lesquels elle sombrait parfois. Clara avait toujours été une jeune fille aimant avoir ses moments de solitude, des moments de réflexion personnelle, comme elle les appelait.

Personne, à bien y penser, ne devait être au courant de ce qu'elle vivait. Lise en conclut que même si elle n'était pas intervenue avant, il n'était certainement pas trop tard pour remédier à la situation !

Clara et David avaient déjà planifié dans les moindres détails leurs vacances au chalet des Durocher. Ils allaient partir le lendemain matin, à cinq heures, pour trois semaines, aussi Clara s'affairait-elle à ses derniers préparatifs. Elle ne voulait rien oublier, car elle savait que le village le plus proche du chalet se trouvait à une heure de route, que l'on n'y parvenait que par des chemins de terre, et c'était très long !

Très prévoyante, elle avait préparé une liste de tout ce qu'elle devait amener, en passant du simple coton-tige à un chandail en polar pour les soirées plus froides.

Avant de se coucher, Clara alla dire au revoir à sa mère qui écoutait au salon un vieux film américain, *Témoin à charge*, avec Marlène Dietrich. Elle s'assit sur l'accoudoir du fauteuil, regardant quelques secondes le film avant d'embrasser sa mère.

— Tu ne l'écoutes pas avec moi, c'est excellent ? demanda Lise.

— Non, je viens te dire au revoir, je vais me coucher, et je ne veux pas te réveiller demain matin, je pars très tôt.

— Les parents de David vont venir te prendre ici ?

— Oui. C'est pour cela que je vais me coucher de bonne heure, je n'ai pas envie de les faire attendre parce que je ne me serais pas réveillée. J'aurais l'air de quoi ?

Amusée, Lise regardait sa fille avec beaucoup de tendresse.

— Passe de belles vacances, ma chérie, je crois qu'elles devraient être inoubliables...

— Ah oui ! Pourquoi inoubliables ?

— Bien... parce que ce sont les premières que tu passes avec David... c'est tout.

En disant ces mots, Lise rajusta le col du pyjama d'homme que portait sa fille en adoptant un air mystérieux, mais qui échappa totalement à Clara.

Fidèles à leurs habitudes, Clara et David avaient retrouvé leur terrasse, à laquelle s'étaient ajoutés une table, des chaises et un barbecue. Le dîner était prévu dehors, comme presque tous les jours depuis une semaine qu'ils étaient là. David aidait sa mère à mettre la table et à sortir les condiments, tandis que Clara surveillait les grillades qui cuisaient sur le feu. La sonnerie du téléphone se fit entendre.

Clara dit d'un air très sérieux :

— Ça fait drôle d'entendre sonner le téléphone, ça fait une semaine que nous sommes ici, et c'est la première fois, si je ne me trompe pas ! C'est là que l'on se rend compte que, dans le fond, on n'en a pas besoin et que ça ne nous manque pas !

Quelques instants plus tard, la mère de David revint sur la terrasse pour dire à Clara :

— Je viens d'inviter ta mère à nous rejoindre, j'espère que cela ne te dérange pas ?

Surprise, Clara demanda :

— Mais pourquoi a-t-elle téléphoné ? Voulait-elle me parler ?

Sans faire attention à l'air inquiet de Clara, Nicole ajouta très calmement :

— Non, elle voulait juste savoir comment tu allais. Je l'ai donc invitée à venir constater de ses yeux que tu étais en pleine forme. Nous n'avons, Denis et moi, encore jamais rencontré ta mère, j'ai donc pensé que dans un cadre aussi bucolique, ce serait parfait. Ta mère était libre pour cette fin de semaine, elle a accepté immédiatement. Elle devrait arriver en début d'après-midi.

Ça ne te dérange pas, j'espère, que j'aie pris cette initiative ?

Très étonnée, Clara échangea un regard avec David comme pour chercher à comprendre, avant de dire :

— Non, bien sûr, ça ne me dérange pas... C'est simplement que je suis surprise. Je ne pensais pas que vous étiez si intéressés à rencontrer ma mère !

— Bien entendu, nous voulons rencontrer la mère de celle qui a fait chavirer le cœur de notre fils ! Je crois que c'est tout à fait naturel ! De plus, elle me paraît si sympathique.

Se dirigeant vers la table, Nicole ajouta, en les invitant à venir s'asseoir, d'un geste de la main :

— Maintenant mangeons, je meurs de faim.

Le repas se déroula dans un silence entre-coupé de réflexions banales. Clara ne voulait pas paraître impolie en restant muette, mais elle réfléchissait et ne comprenait toujours pas les raisons qui avaient poussé la mère de David à inviter sa propre mère à venir les rejoindre.

Essayant d'oublier cette intrusion, elle décida de lancer un sujet de conversation, en interrogeant Denis, le père de David, sur le tournoi de pêche qui aurait lieu le lendemain.

Sa diversion marcha mieux que prévu, car Denis était intarissable quand on abordait son sujet de prédilection : la pêche ! Clara en fut quitte pour écouter des histoires toutes plus abracadabrantes les unes que les autres durant tout le repas... sous le regard amusé de David qui, lui, s'était, bien entendu, gardé de venir à son secours, alors que Denis lui parlait et lui parlait encore de ses plus belles prises.

Tel que convenu, Lise Valois arriva dans l'après-midi, mais Clara et David étaient partis faire une balade dans les bois environnants. « Ils ne devraient pas tarder à rentrer », confirma Nicole.

Quelques instants plus tard, Nicole et Lise les virent arriver, main dans la main, en parfaits petits amoureux. Clara, souriante, alla trouver sa mère et l'embrassa.

— Vous avez fait connaissance, d'après ce que je peux voir. Tu n'as pas eu trop de difficulté à trouver le chemin, ce n'était pas évident ?

— Non, Madame Durocher m'avait très bien expliqué la route. Tu m'as l'air très en forme. Ah oui, j'oubliais, je t'ai ramené quelque chose qui devrait te plaire, c'est dans la maison. Veux-tu aller le chercher, s'il te plaît. Je l'ai laissé dans le salon.

Intriguée, Clara interrogea sa mère du regard, mais celle-ci se contenta de hausser les épaules et de lui indiquer la direction de la maison du bout du menton. La jeune fille se dirigea vers l'entrée du chalet, puis se retourna vers David, qui la suivait des yeux avec curiosité, tout comme sa mère et Nicole d'ailleurs. Clara les trouva bien étranges, mais d'un geste de la main, sa mère l'incita à rentrer et à arrêter là sa réflexion.

Elle entra donc et se dirigea vers le salon, lorsqu'elle s'immobilisa, pétrifiée. Assise sur le divan, Justine la regardait calmement, l'air d'être sur ses gardes. Respirant profondément, comme pour se donner du courage, Justine se leva lentement pour venir à sa rencontre d'un pas mal assuré. Clara, encore sous le choc, n'en croyait pas ses yeux. Elle murmura :

— Toi !

Elle n'esquissa pas un geste pour s'approcher de Justine.

— Serions-nous devenues si étrangères l'une de l'autre que tu n'aies pas senti ma présence de loin ? demanda doucement Justine.

Clara secoua la tête.

— À vrai dire, j'ai pensé à toi il y a quelques instants avant d'entrer dans la maison, mais... (elle se reprit.) Je pense tellement souvent à toi, que je n'y ai pas prêté attention…

Elles se regardèrent pendant quelques secondes qui durèrent une éternité. Clara n'y croyait toujours pas. Justine, sa Justine, était là devant elle. Ça faisait si longtemps !

Justine tendit la main vers elle, l'invitant par le fait même à lui donner la sienne. Clara lui demanda, quelque peu hésitante :

— Pourquoi maintenant ? Pourquoi après plus de six mois, te décides-tu enfin à me parler, à être là ?

Justine ne répondit pas immédiatement et l'entraîna vers le divan, pour qu'elles s'y installent.

— J'avais besoin de temps, de beaucoup de temps. J'ai eu tellement mal, si tu savais !

Clara sentit ses yeux s'embuer. Justine continuait, comme si elle ne percevait rien du malaise qui agitait son amie, et pourtant elle ressentait profondément le tumulte qui gagnait le cœur de Clara, mais elle ne voulait plus s'arrêter, elle devait expliquer et expliquer encore.

— Je devais attendre avant de pouvoir enfin te parler comme ça, en face. Avant, j'en étais incapable, je souffrais trop, je ne souhaitais qu'une seule chose, que tu disparaisses pour toujours de ma vie. Je t'ai tellement détestée, Clara. Je vous ai maudits, David et toi. Je vous ai souhaité tout le malheur du monde et pourtant...

À la grande surprise de Clara, Justine paraissait très calme, elle parlait de tout cela avec beaucoup de sérénité, comme si elle avait fini par accepter les faits, c'était du moins ce qu'elle affichait.

– Quand ta mère m'a téléphoné !... continuait Justine.

Surprise, Clara lui coupa la parole.

– Ma mère t'a téléphoné ! Pour quelles raisons ? Quand ça ?

– Il y a deux semaines de cela. Elle avait trouvé dans la poubelle de ta chambre des lettres qui m'étaient adressées. Elle me les a envoyées dans l'espoir que je n'y resterais pas indifférente. Le lendemain, elle m'appelait pour me demander ce que j'en avais pensé. Nous nous sommes vues plusieurs fois et nous avons beaucoup parlé, de toi, de moi et de... nous. C'est à travers ces discussions que j'ai découvert que je ne t'en voulais plus et que je ne souhaitais plus qu'une seule chose, te revoir et m'excuser.

Clara sentait son cœur basculer. Sans attendre qu'une autre invitation ne se présente, elle entoura son amie de ses bras pour l'étreindre de toutes ses forces, souhaitant lui montrer à quel point elle lui avait manqué. À son tour, elle s'excusa. Tout en pleurant, elles se serrèrent tendrement l'une contre l'autre. Clara murmura :

— Merci, Justine, je peux maintenant être heureuse. Notre guerre est enfin terminée... Il nous faudra un peu de temps pour rétablir notre amitié, mais tu verras...

Clara hésita une seconde, puis se dit que l'humour était la meilleure façon d'évacuer ce poids énorme qui lui bloquait la poitrine et l'empêchait de respirer...

— L'amitié, c'est comme monter à bicyclette... ça ne s'oublie jamais !...

— Oui, et puis... si on tombe et qu'on ne remonte pas tout de suite... après, on a la frousse ! enchaîna Justine en éclatant de rire.

Leurs fous rires s'emmêlèrent et, dans la cour, David, Nicole et Lise s'interrogèrent du regard pour tenter de comprendre les cascades de rigolades et les hoquets qui leur parvenaient entre deux silences.

Cet ouvrage a été composé en bembo
corps 12,7/14,9 et achevé d'imprimer au Canada
en mai 2005 sur les presses de
Quebecor World Lebonfon, Val-d'Or